幻燈おんな草紙

柳橋ものがたり10

森 真沙子

時代小説

二見時代小説文庫

目次

第一話　お富《とみ》さん地獄めぐり　7
第二話　花盗《はなぬす》っ人《と》　83
第三話　魔物、東京を走る　162
第四話　天璋院《てんしょういん》様お成り　233

幻燈おんな草紙——柳橋ものがたり10

幻燈おんな草紙――柳橋ものがたり10　主な登場人物

綾《あや》……………故あって船宿「篠《しの》屋」に住み込みの女中として働くことになった女。

お簾《れん》…………船宿「篠屋」を切り盛りする、気風《きっぷ》の良い柳橋芸者上がりの女将《おかみ》。

富五郎《とみごろう》…………「篠屋」の主《あるじ》。宿の経営は女房任せで無頓着ながら幅広い人脈を持つ情報通。

田鶴《たつ》…………日本橋大伝馬町《にほんばしおおでんまちょう》の豪商「勝田屋《かったや》」の娘。十四歳で病死。

勝田五兵衛《かったごへえ》…「勝五《かつご》」と呼ばれる勝田屋の主。俳諧師としても名を成す。

芳村《よしむら》きち……田鶴の長唄の師匠。「おきちさん」「おきっつあん」と呼ばれる。

磯次《いそじ》…………六尺豊かな大男。駿府《すんぷ》の生まれの篠屋の船頭頭《がしら》。

千吉《せんきち》…………「篠屋」の手代と北町の下っ引《ぴき》を兼業していたが、御一新で下っ引を失職。

山本八重《やまもとやえ》……会津藩《あいづはん》砲術指南役・山本権八《ごんぱち》の娘。

山本三郎《さぶろう》……鳥羽伏見の戦いに従軍し、戦士した八重の弟。

山本覚馬《かくま》……八重の兄。会津藩でも聞こえた秀才にして、進歩派であった。

高槻屋左衛門《たかつきやさえもん》…元会津藩士。商才があり江戸に出て両替商と金貸しで財を成した。

宮嶋 周之助《みやじましゅうのすけ》…長兄一家が絶えた宮嶋家を継いだ、富五郎の腹違いの弟。

ウイリアム・ウイリス…綾の兄の消息の手がかりを知る、イギリス公使館付きの医官。

天璋院篤姫《てんしょういんあつひめ》…薩摩藩《さつまはん》から輿入れをした十三代将軍家定《いえさだ》の正室。

第一話　お富《とみ》さん地獄めぐり

雛祭りが終わって間もない明治《めいじ》二年（一八六九）三月十日。

日本橋大伝馬町《にほんばしおおでんまちょう》の豪商『勝田屋《かったや》』で、〝おたつさま〟と皆に愛された一人娘の田鶴《たつ》が、病で亡くなった。

花も蕾《つぼみ》の十四歳だった。

座敷にはまだ雛人形が飾られ、三味線《しゃみせん》が立てかけられ、壁にはご贔屓《ひいき》の尾上菊五郎《おのえきくごろう》の役者絵が、ところ構わず貼られていた。

自慢の娘を失った勝田家の悲しみは目も当てられず、駆けつけた人々も共に涙にくれ、屋敷全体が泣きどよめくようだったという。

両親はせめて盛大に送ってやりたかったろう。

だが、この国を揺るがした御一新《ごいっしん》の激震は、まだ始まったばかり。東京府《とうきょうふ》となった首都には、職を失った士族や浮浪人が群れをなし、騒動が絶えなかった。

厳しい世情を慮《おもんぱか》った父勝田五兵衛《ごへえ》は、花以外の供物《くもつ》はすべて断って、野辺《のべ》送りはごく簡素なものとしたのである。

だが訪れる弔問客《ちょうもんきゃく》は引きも切らず、名の知れた噺家《はなしか》や役者や文人《ぶんじん》が多くて、地味なはずの葬儀に華を添えた。

五兵衛は、才ある若い噺家や役者に財力を投じて支援し、〝勝五《かつご》〟と呼ばれて親しまれ、自身も俳諧師として名を成していたのだ。

この愛娘《まなむすめ》にも、幼いころから熱心に手ほどきしたのだろう。

お田鶴は〝雪家女《せっかじょ》〟の俳号を持ち、こんな辞世の句を遺していた。

あそへるも　今年かきりか　雛まつり

一

「ともかく……今日は無理ですぜ」

『篠屋《しのや》』の船着場に舟を寄せながら、船頭が言っている。

勝田屋の葬儀が終わって間もない三月下旬の、どんよりした午後だった。とろりとした風が間遠《まどお》に吹いていて、今にも春の嵐が吹きそうな気配である。

「これから風が強くなりまっせ、大荒れだ」

船頭は赤銅色《しゃくどういろ》の顔をし、刺青《いれずみ》の入った太い腕で達者な櫓さばきを見せているが、篠屋の船頭ではない。

その舟から篠屋河岸に下り立ったのは、遠目にもほっそりした大年増《おおどしま》である。

黒っぽい着物に、亀甲柄《きっこうがら》の法被《はっぴ》を重ねた粋《いき》な着こなしで、頭と顔は紫色のお高祖頭巾《こそずきん》で覆っている。

舟の中で何か押し問答をしていたようで、玄関前を掃除していた綾《あや》は、その様をチラチラ眺めては耳をすました。

うらうらした河岸に、時折どっと東風《こち》が吹き寄せる。その風に乗って、

「今日は嵐だ、お安くしておくよ」

と叫びながら橋を渡っていく棒手振《ぼてふ》りの声が耳に届く。

おかみのお簾《れん》は実家の法事のため、二泊三日の泊まりがけで鎌倉《かまくら》に出かけて、珍しく留守。代わりに店番を務めるべく、主人の富五郎《とみごろう》がつい今しがた出先から帰ったところだ。

その富五郎は、箒《ほうき》と塵取《ちりと》りを手にして玄関前にいた綾を見るや、肩越しに船着場を指さして言った。

「ちょっと様子を見ておいで。場合によっちゃわしが話を聞いてもいい」

相手が大年増でも、色っぽい女にはちゃんと目をつけるお方……と綾は内心呆《あき》れながらその場に歩み寄った。

「……いえね、船頭さん」

じれったそうに言うその声は少し甲高く、年に似ずよく通り、そばで聞けば、さらに少し掠《かす》れて色っぽい。

「お前様の腕を見込んでのこと。この辺の船頭さんは、少々の風でも舟を出すって評判じゃないか」

「少々の風でも舟を出すと？」

どこの馬鹿が……と言わんばかりの目つきで、船頭は桟橋《さんばし》のそばの篠屋をジロリと見た。

「さあて、わしはこの辺の船頭じゃねえ」

ただこの篠屋の船頭は威勢がいいという評判は聞いており、銭勘定を第一とする船頭には、煙たい存在だったのだ。

「行けるところまででいいの。お代は弾むから、頼まれておくれな」

だが船頭は首を縦に振らない。

つい先ほどこの上流まで客を運び、今日はこれで上がりという帰りしなだ。昌平《しょうへい》橋《ばし》辺りでこの女に呼び止められた。

「ちょいと船頭さん、柳橋《やなぎばし》まで行っておくれな」

「柳橋？　へい、ようがすよ」

といつもの調子で引き受けた。

差し出された女の手を取って舟に引っ張り上げ、その冷んやりした柔らかい感触から、粋筋の年増かと想像しながら下ってきた。

柳橋は上野《うえの》戦争《せんそう》で壊されてから木橋がかけられ、〝柳橋まで〟と言われれば、橋の袂《たもと》の篠屋の船着場につけることが多い。

だが舟が着く前、またあの甘い声が飛んできた。

「ねえ、柳橋はいいから、もっと先まで行ってくれない」

「先てえと？」

「大川《おおかわ》に出ておくれ」

「出るのはいいが、その先は？」

「そうねえ、上総《かずさ》の辺り……」

「上総？　そりゃ無理だ、こんな木っ端《こっぱ》舟じゃ海は渡れねえ」

それでなくても、途中で行き先を変える客は、要注意だ。散々に振り回されたあげく、金がないと言い出されるのがオチなのだ。

船頭は黙って、舟を篠屋河岸に着けた。

「まずは柳橋で降りておくんなせえ。ちなみに上総のどこへ行きなさる」

「木更津《きさらづ》まで……」

一瞬、船頭は喉に何か引っかかったように女を見返し、

「なら姐《ねえ》さん、江戸橋《えどばし》まで行きなせえ。その近くの木更津河岸から毎日、通い船が出てまっさ。あれに乗りゃ、二刻ほどで着いちまいまさ」

だが女は木更津船には興味を示さず、更に何か言おうとしたが、そばに綾が立って

いることに気付いて肩をすくめた。

諦めたように懐《ふところ》から金を出し船頭に渡すと、船頭は礼もろくに言わず、さっさと船着場から下って行く。

何て感じの悪い……と呟《つぶや》く綾に、お高祖頭巾の女が言った。

「今の若い船頭《ひと》ってあんなもんさ」

「いえ、うちの船頭はもうちょっと親切ですから」

「あら」

女は少し驚いたように、綾の顔と背後の船宿の看板を見比べた。

「まあ、篠屋さんね。どうりで、ほほほ……」

「何かお困りでしたら伺いますよ」

「あいにく何も困っちゃいないけど、篠屋さんにはお世話になってます」

だが眉をひそめて笑う女は、〝何も困っちゃいない〟とは見えない。

近くで見ると、川風に煽《あお》られて化粧が落ちたのか、青ざめた目元の皺が隈《くま》のように見えている。それでも全体に色香が漂っていて、頭巾で隠された目鼻立ちは、さぞや美しかろうと思われた。

「ま、富五郎旦那によろしくね」

とまた篠屋を振り返って、あ、と声を上げた。

いつの間にか玄関前に、富五郎が立っていたのだ。

「その美声は、やっぱりおきち姐さんか。どうしなすった」

「どうもしませんて。ほほほ……」

きちと呼ばれた女は、カラリと笑っている。

「それは何よりだが、これも何かの縁だ。茶でも飲んでいきなされ」

「あ、いえいえ、今日はもう帰らなくちゃ」

おきちは慌てたように頭を下げて礼を言い、綾にも再度会釈して、浅草橋《あさくさばし》の方へとそそくさと歩み去ったのである。

「おやおや、もう帰られたんで？」

玄関で成り行きを見ていた番頭の甚八《じんぱち》が、首を突き出して外を見回した。

「何か急いでたようだが、何をなさってるお方で？」

「何をなさってると？　おきっつあんだよ。ほら、あの勝田屋の……」

「あれ、おたつさまの長唄の師匠で？」

「そう、可愛がってた弟子に先立たれ、参ってるようだが、お前さんもちと焼きが回ってねえか」

「いや、三十四、五の年増に見えたんで……」

「ばか、もう五十を超えてるよ」

「木更津へ行こうとなさってたけど、大丈夫でしょうか」

と綾がそばから口を挟むと、

「なに、木更津だって?……」

と富五郎は鸚鵡《おうむ》返しに訊き返し、考え込むように黙して中へ入った。

二

「あのおきっつあんだがな……」

その午後遅く出かけて行った富五郎は、春の黄昏《たそがれ》の、どこか日向《ひなた》くさい空気を身体にまとって、早々と帰ってきて言った。

明治二年の東京は、戦《いくさ》がないだけましで、ひどく物騒だった。

奉行所がなくなってから、浮浪の者らが日本橋界隈《かいわい》の大店《おおだな》を襲って、金品を強奪する事件が相次いでいた。そのためか、久々に留守を預かる富五郎は、どこへ出かけてもそそくさと戻って来る。

「お帰りなさいまし。おきちさんがどうかなさいましたか」

と綾が言うと、思いがけない言葉が返ってきた。

行方《ゆくえ》が分からなくなったというのである。

「ええっ、あれから？　出会ってまだ間もないじゃありませんか。気まぐれにどこかへ寄っただけで行方不明だなんて、気が早すぎません？」

「まあ、落ち着け。すべてそこで聞いたんだが……」

と顎でしゃくった方角には、料亭『亀清楼《かめせいろう》』がある。新しい柳橋を渡ってすぐで、川を挟んで篠屋の目と鼻の先だ。

富五郎はこの午後遅く、河鍋《かわなべ》暁斎《きようさい》の書画展を見に、その店に出かけたのである。

書画展は二階で催されていた。宴席では会席料理が振る舞われるが、それまではまだ間があって、一波《ひとなみ》去ったらしい座敷に、客は数えるほどしかいなかった。

開け放った窓外に広がる大川の美しい夕景を、絵師は立ったまま放心したように眺めていたようだ。

富五郎が入っていくとすぐに破顔《はがん》し、座敷中央に敷かれた緋毛氈《ひもうせん》に、新しい画を広げて見せた。

「いや、実は、別にお見せしたい画があったんですがね、勝田屋さんに持って行かれちまった」

「おや、勝五の旦那がもう見えたのかい？」

「はあ。手前としても、まっ先に勝田屋さんに見てもらいたくて、早く来られるよう前もって伝えたんだが……」

勝田五兵衛は、暁斎の大の贔屓筋で、有力な後援者だった。

暁斎がこの日、大恩人のために描いてきたのは『田鶴涅槃図《ねはん》』。亡き娘が、極楽往《ごくらくおう》生《じょう》を遂げたと見立てた極楽画である。

もともと絵師は、愛娘の一周忌の追善供養《ついぜんくよう》のために、五兵衛から大作を依頼されていて、完成の暁には『田鶴地獄極楽めぐり図』と題されることになっていた。

だがその葬儀で、勝田一家の狂おしい悲しみ、それに同調する人々のあまりの多さを目の当たりにし、深く心動かされた。

感動冷めやらぬうち家に帰ってすぐ筆をとり、一気に描いたのがこの画である。

その中心には、涅槃に入りこの世の苦しみから解放されたお田鶴観音が鎮座《ちんざ》まします。その周囲には、生前に縁のあったあらゆる男女が集《つど》って、ある者は泣き、ある者は天を仰いで慨嘆《がいたん》する様が描かれていた。

五兵衛はそれを長いこと見つめて、落涙《らくるい》した。

そして頭を下げて言ったのだ。

「師匠、これまた凄い画を描いておくれだね。汚れのなかった娘のこと、とうに極楽におるのに、親は煩悩《ぼんのう》から抜け出せず、愚かにもこうして泣き騒いでおる……。そんな私を、この画の中で娘は笑っておるようだ。はい、頂きますよ。すぐにも家族に見せたいから、このまま持ち帰ってよござんすね。いや、四十九日の追善供養で、改めて皆さんに披露しますんで、今日はひとまず……」

と強引に包装させて、持ち帰ったという。

「なるほど。じゃ、もう帰られたんだ」

「ええ、そうなんですがね」

暁斎はどこか腑《ふ》に落ちない顔である。運ばれてきた茶を窓辺に持って行かせて、そこで向かい合い、

「……どうやら、おきち師匠が行方不明らしいですよ」

茶を勧め、自らも一口啜って声をひそめた。

「えっ？　おきっつあんなら、昼に会ったばかりだがな」

と富五郎は頓狂《とんきょう》な声を上げ、篠屋の前でのやり取りを話した。

勝田五兵衛と富五郎は、日本橋界隈の粋人《すいじん》仲間である。両者とも芸人の後援者とし

て、競うように私財を投じていた。

さらに二人は、噺家や文人を囲んでの三題噺《さんだいばなし》の会『粋狂連《すいきょうれん》』を作り、五兵衛はその会長を務めている。

簡単に言えば物好きの集まりとも言える。

そんな会のたまの宴席に、五兵衛はおきち師匠を、芸者代わりに呼ぶことがあった。富五郎や暁斎はそうした酒席を通じて、おきちを知っていたのである。

その勝田屋に今日の午前、おきち宅に長年仕える女中のお種《たね》がやって来て、不安げに言った。

「うちの師匠がお邪魔していませんか」

おきちは昨日の午後、勝田屋に行くと言って小ぶりの包みをひとつ持って出掛けたきり、まだ帰ってこないという。

「ああ、師匠ならたしかに来たがね」

と五兵衛は頷いた。

昨日はお田鶴が亡くなって十四日めの、二七日忌《ふたなぬか》。普通は省略する忌日《きじつ》だが、今は毎日でも坊さんに経をあげてもらいたい心境だった。

ほぼ身内や近隣の人ばかりの弔問客に、型通りの精進料理を振る舞い、少しでも賑やかに過ごしたかった。

初七日にも顔を出したおきちは、この法要にも姿を見せて野の花を手向《たむ》け、料理には形ばかり手をつけて帰って行った。

「あの、どこへ行くか言ってませんでしたか?」

「いや、何も聞かなかったが、まだ薄明るい時刻だったね」

と五兵衛は首を傾《かし》げた。おきちに男がいるなどの艶聞《えんぶん》は、聞いたことがない。とはいえ五十の坂を一つ二つ越えたばかり。一晩空けたからと言って、驚く五兵衛でもなかった。

特におきちは、〝ワケあり女〟の見本のようなもの。

「どこぞ知り合いの家にでも寄ったんだろう。もう少し待ってごらん」

と当たり障りなく言って、お種を帰したのだ。

だが一夜明けた今日の午後、書画展に顔を出す前に、念のため近くのおきち宅に寄ってみた。するとまだ帰っていないと告げられ、ふと胸に暗い影が差したのだ。

誰よりも娘の死を嘆いたのは、この芳村《よしむら》きちだった。

「あたしみたい生きる甲斐もない五十婆《ばば》が長生きし、前途あるおたつさまが、たった十四で逝っちまうなんて……」

まだあどけない娘に、三味線を教え始めたのは七年前。むろん頼んだのは五兵衛だが、おきちは天職のようにのめり込んで、手取り足取りで教えたのだ。

その愛弟子がいないこの世に未練はない、と嘆く言葉が耳に残る。

だが軽い怒りに似たものも、胸に湧く。田鶴の死に惑乱しているのは、おきちだけではない。ここで面倒を起こされては、弱りきった一家の心身を打ちのめすことになる。それくらい考えてくれ。

「まあ、師匠の行き先についちゃ、今、探させてるところですよ。お江戸は広いが、なに、日が落ちるころには朗報が入るはず……」

と五兵衛は腰を浮かせつつ、暁斎に言った。世を忍《しの》んで暮らしている師匠の行き先など、たかが知れていようと思ったようだ。

「今日はこれで失礼させてもらうが、篠屋の旦那が来なすったら、よろしく伝えてくだされ」

と伝言を頼んで、そそくさと亀清楼の座敷を出て行った。

そのため富五郎は引きとめられ、出ないつもりの宴会に結局顔を出し、早めに引き揚げて来たのである。

「でもおきちさんは、木更津へ行きたいと……」

と綾がまた言いかけると、富五郎が遮《さえぎ》った。

「いや、それは願望で、本当に行く気だったわけじゃなかろう」

「いえ、あの時は本気みたいでしたけど？　夜には江戸橋から通い船が出るそうだから、風が収まれば乗ったかもしれませんよ」

「…………」

水を飲んだ茶碗を返そうとして、富五郎はそのまま突っ立っている。

「何か、木更津に行かれては困ることでも？」

いや……と言った時、勝手口から誰かが入って来た。

暗がりから灯の中へ入って来たのは、船頭頭《がしら》の磯次《いそじ》で、今夜はこれで上がりだった。磯次は、上がり框《かまち》で自分を見返している二人に、少し驚いたようだ。

「……木更津がどうかしたんで？」

「いやさ、おきち姐さんがまた、木更津行きを画策してるらしい」

「また？」

と綾は不審げにその言葉を捉え、磯次はその事情を知っているらしく、

「木更津って、例の……？」

と問い、風が強くなったかガタガタとどこかの雨戸がなった。

その時、また勝手口の戸が開いて、今度は千吉《せんきち》のひょろりとした姿が、風に追われるように飛び込んで来た。

「あれっ。やけにシンとしてるな、どこかで葬式でもあったんで？」

千吉は、土瓶から白湯《さゆ》を茶碗に注ぎながら言った。

富五郎は首を振り、千吉もよく知っている勝田屋の、ちょっとした内輪の騒動を話して聞かせた。

「へ、師匠の行方がね……しかしたかだか一晩くれえで、なぜそんなに問題なんで？」

「馬鹿、てめえと一緒にするな」

と磯次がたしなめた。

「勝田屋じゃ先日、不幸があったばかりだ。勝五の旦那が心配していなさるのは無理もねえんだ」

その時また薄暗い台所を、風の音が通り過ぎた。何となく綾は、亡霊でも通り過ぎたように心が冷えた。

「今夜は吹くぞ、これじゃ舟も出せんわい」

富五郎が呟くと、皆は外の気配に耳をすました。

薪《しん》さん、酒を冷やで出してくれ。今宵はおかみもおらんし、皆も付き合え。準備が出来たら、薪さんも飲め」

富五郎は板の間に上がって、どっかりと胡座《あぐら》をかいた。磯次と千吉は上がり框に腰かけて車座となる。流し台で俎板《まないた》を洗っていた板前の薪三郎《しんざぶろう》は、すぐに酒の支度をし簡単な突き出しを整えた。

「実は……あの師匠が木更津に消えたのは、これが初めてじゃねえのさ」

一通り酒が行き渡ったところで、富五郎が語り出した。

「これで三回め、いや四回めかな。最初は十年くらい前で、亭主の伊三郎《いさぶろう》家元が亡くなった後だった」

「わしゃ、今のおきっつあんは知らねえが、若い時のこたァ覚えてる」

玄関脇の小部屋から、甚八が出て来て加わった。

「あの時は、どこを探していいか見当もつかん、川浚《かわざら》いまでしたもんさ。ところがあの人が見つかったのは、江戸湾の向こうの木更津だった」

おきちは、亡き夫を追うように木更津まで行き、海辺を彷徨《さまよ》っていたところを、漁師に見つけられたのだった。

「今度も木更津に行くと口走ったそうだ」

　富五郎が茶碗酒をあおって言うと、甚八が続ける。

「あの町は、師匠が伊三郎家元と出会った、因縁の場所だそうでね。そのころはまだ伊千五郎《いちごろう》と名乗っており、おきっつあんはまだ、二十歳そこそこだったと」

「あの師匠、若く見えるけど幾つくらいなんで？」

　磯次が口を挟む。富五郎が答えた。

「昨年……つまり御一新の年に五十になったと聞いた」

「五十？　とてもそうは見えねえな」

「若い時分から美人でな。深川芸者《ふかがわげいしゃ》をしておって、木更津の親分に落籍《ひか》された。その木更津で、江戸から来たダテ男と知り合い……」

「おっとっと旦那様、話をそこで止めておくんなせい」

　と甚八が一杯呷《あお》って皆を見回した。

「それは芝居にもなった有名な実話だ。ここまで聞いたら、誰のことかそろそろピンとくるはずだろ、な、千吉？」

「え、誰のこと？　おいらにゃ何もピンとこねえや」

「そりゃそうよ」

　とその時、背後から声がかかった。皆が振り返ると、千吉の母親で女中頭のお孝《たか》が、大きな風呂桶を抱えて立っている。

「あたしゃ、倅《せがれ》を芝居に連れてったこと一度もないからね。今の若い人って芝居なんてあまり観ないし……」

「おっ母《かあ》と芝居なんぞ観たかねえや」

　千吉が迷惑そうに呟いた。

「おや。あたしだってお前なんぞと御免被《こうむ》るよ。このお芝居、おかみさんと一緒に観させていただいたんで、そりゃァ、面白かった」

「まあまあ……」

　と甚八が取りなした。

「で、〝お富《とみ》さん〟は誰がやったかね？」

「えっと、それは忘れたけど、綺麗だったよ。あれからン十年たったんだもの、お富さんもトシをとった。ほほほ、あたしも老けるはずだよ」

「おや、お孝姐さんはずっと若いんだろ？」

「ここだけの話、お富さんよりちょいと上なのさ」

　甚八は声を上げて笑い、節回しもよく唸《うな》ってみせた。

「いやさ、お富、久しぶりだなァ……。死んだと思ったお富たあ、お釈迦様でも、気がつくめえ……」

三

「えっ、死んだはずのお富さんが、今も生きてるってわけ？」

千吉が頓狂な声を上げる。

「それが、あのおきちさんとすりゃ、亡くなった旦那の伊三郎家元が、与三《よさ》ってわけかい」

「そう。人気の〝切られ与三〟も〝切られお富〟も、元はおきっつあん夫婦の話でさ。つまり与三郎《よさぶろう》もお富さんも、実在の人物ってェことよ」

「では旦那様、木更津もその話に関係あるわけですか？」

綾が口を挟んだ。

「そりゃそうさ。木更津での実話が元になっておるんだ」

〝切られ与三〟は通称で、芝居の題名は『与《よ》話情《わなさけ》浮名横櫛《うきなのよこぐし》』。

ある時、人気の講釈師が、四代目芳村伊三郎の頬や体に刻まれた無残な傷痕を見て興味をそそられ、何があったか恐る恐る問うたという。

するとと伊三郎は嫌がるどころか、

「よくぞ訊いてくれました」

とばかり、若い時分の体験談を語ってくれた。それがあまりに浮世離れした〝どんでも話〟なので、さっそく講談に仕立てたのである。

その講談を聞いて面白がったのが、狂言作者の瀬川如皐《せがわじょこう》。

今度はそれを脚色して狂言（芝居）に仕立て、ペリー来航の前年に、中村座《なかむらざ》で初めて上演したのだった。

与三郎を八代目市川團十郎《いちかわだんじゅうろう》、お富を四代目菊五郎が演じて、大当たりを取った。

それに味をしめてか、さらに黙阿弥《もくあみ》がお富を主人公にし、『切られお富』を書いて人気をさらう。

その後もいろいろと書き換えられ、先の見えない幕末に生きる江戸っ子の憂鬱《ゆううつ》を、一時《いっとき》吹き飛ばしたのである。

その芝居の筋書きは――。

主人公は、江戸の大店の若旦那で遊び人の、与三郎。

男前の遊び場好きで、放蕩に身を持ち崩し、木更津の親戚に預けられていた。そんなある日、潮干狩りに賑わう浜辺で、鄙《ひな》にも稀《まれ》なうら若い美女とすれ違い、一目惚れしてしまう。

二人は惹かれ合い、逢瀬《おうせ》を重ねるようになったが、お富は純情可憐とはいえ、地元の恐い親分の囲い者。

やがて二人の情事はばれ、与三郎は親分の手下に捕まってなぶり斬りにされ、海に放り込まれる。お富も手下に追われて海に飛び込んだ。

それから三年。

何とか命を取り留めた与三郎は、顔も体も傷だらけで、家を勘当《かんどう》された身。そこで全身の三十四箇所の刀傷を売り物に、強請《ゆすり》たかりの悪党となって、〝向疵《むこうきず》の与三〟として恐れられた。

そんなある日、ある大店に押し込んだゴロツキ与三郎は、出てきた妾《しょうじょ》女を見て仰天する。今も忘れられぬあのお富ではないか。

こんな大店の旦那に囲われていたか、と万感の名セリフを吐く。

「いやさお富、久しぶりだなァ……」

しかし現実の話はこうだった——。

おきちは、江戸本石町《ほんごくちょう》の駕籠屋の娘に生まれたが、十五で、深川の芸者屋に売られた。持ち前の美貌と美声から、たちまち売れっ妓《こ》になり、親分明石金右衛門《あかしきんえもん》に身請けされて、木更津へ。

夜の添い寝の他は何もすることがなく、せめて命じられるまま尽くすのを愛《いと》おしがられ、夢のような毎日だった。

だが親分はすでに初老の男。一方のおきちは二十歳にもならぬうら若い身。親分の周囲はいつも殺気立っていたが、囲われる身には、静か過ぎる退屈な田舎暮らし。

近くの上総の海辺は、カモメの鳴く声以外には何も聞こえない。

この町に来て一、二か月で、江戸恋しの思いに駆られた。

そんなそぞろ歩きの浜辺で、思いがけず都会の男を見かけた。ゾクリとするようなその粋な男と、たちまち恋に落ちた。

それが江戸から来ていた長唄の唄方、伊千五郎だった。

上総東金《とうがね》の、老舗《しにせ》の紺屋《こんや》（染色屋）の倅だが、芸事が好きで、職人の道を捨て、江戸の三代目芳村伊三郎に弟子入りした。美声の評判が高く、すでに歌舞伎三座の舞台に出ている身。

伊千五郎にとっても、遊びなれたこの殺風景な港町で、見かけたこともない垢抜《あかぬ》けた美女。それが十九歳年下のおきちだった。

たちまち二人は密通を重ねる間柄になったが、手下がうようよいる地元のこと。やがて親分の耳に入る。

親分の留守中に、おきちが伊千五郎を家に引き入れた夜。裏口から躍り込んで来た親分とその手下によって、両人は庭の松の木に縛りつけられ、篝火《かがりび》の中で私刑を受けた。

伊千五郎は、顔、体……と所構わず小刀で嬲《なぶ》り斬りされ、傷は三十四箇所に及んだ。〝切られ与三〟は実は、愛妾《あいしょう》を寝取られた初老の男の嫉妬と復讐心が、作りだしたものなのだ。

おきちは斬られなかったが、情人《おとこ》が切り苛《さいな》まれる様を、篝火のほむらで見せつけられた。その生々しい凄惨《せいさん》な体験で、おきちは生涯にわたる傷を心に受けるのである。

夜明け近くに親分らが引き上げた隙に、おきちは血だらけの伊千五郎を助けて浜辺に逃げた。

浜の漁師の家に飛び込んで、獲れたての魚を日本橋魚河岸まで運ぶ、押送船《おしおくりぶね》に乗せてくれるよう頼み込んだ。それは鮮度を第一とする早船で、一刻を争うため、途中の番所での検問は免《まぬが》れる。

また数人の漕ぎ手で風や波を押すように進むので、悪天候に強く、高速で進む。木更津から江戸の海までわずか数時間。川に辿り着いた舟はさらに市中の河岸まで乗り入れるのだ。

二人は大枚《たいまい》の謝礼を約束して、話をつけたことだろう。ともあれ舟は出た。無事に江戸に着いてすぐに身を隠し、追跡を免れたのである。

そんな目に遭った二人は、やがて小伝馬町《こでんまちょう》の新道《しんみち》に所帯を持ち、稽古場を構え、誰憚《はばか》ることもなく夫婦となった。

その後は親分の追跡もなく、幸い顔面には斬傷が少なかったから、伊千五郎は何食わぬ顔で歌舞伎座に出続けて、過去の傷を世間に晒《さら》されずに通したのだ。


「その実話が、世間に知られるようになったのは」

と富五郎は続ける。

「〝切られ与三〟が芝居になってからのことだ」

もっとも〝切られ与三〟の初演は、嘉永《かえい》六年（一八五三）。

伊千五郎が芳村家の養子となり、四代目伊三郎を襲名したのは、その七年前。そしてその翌年、四十八で亡くなっていた。

つまり芝居は、当人が亡くなって六年後に上演され、大当たりを取ったものの、当人の四代目伊三郎は、それを見ずして死んだのである。

四

「いや、初めて聴いたすよ。自慢じゃねえが、情報通で通ってるおいらがこうじゃ、意外に知られてねえんじゃねえすか」

と千吉が声を上げた。

「旦那がそこまで知っていなさるのは、芝居通だからでしょ？」

「べらぼうめ、これはそんな簡単な話じゃねえんだ」

と富五郎は渋い声を上げた。

「もうあれから二十年もたつから言うがな。わし以外に、こんな裏話を知る者は、あの勝五の旦那しかいねえ。……てえことはあの旦那は、伊千五郎がまだヒヨッコの時分から、その才に目をつけ、援助を惜しまなかった好き者だったんだよ」

だがその伊千五郎は、芳村流家元になって間もなく、大きな不幸に襲われた。命綱の喉を痛めて唄えなくなったのである。

美声が失われては舞台に出られなかったが、幸い命には別状なかったため、三味線を弟子達に教え続けた。

声も徐々に出るようになったが体調が優れず、一年たつかたたぬうちに流行病《はやりやまい》に罹《かか》って、あっけなく亡くなってしまったのである。

行年《ぎょうねん》四十八だった。

その経緯はどこか不審死の匂いがし、周囲にひそひそと不穏《ふおん》な噂が飛び交った。家元は、誰かに水銀《すいぎん》を盛られて、商売道具の美声を失ったのだと。

周囲には、家元の座を奪われた兄弟子や、将来を約束されて捨てられた女、家元の子を産んだ女……等、恨みを持つ者が何人もいたという。

だが当人は美しい女房を貰い、娘を授り、家元の座に納まった果報者《かほうもの》だから、周囲の視線は、必ずしも好意的なものばかりではなかったのだ。

水銀は、そう入手の難しいものではなかった。美白効果をうたわれ化粧品に使われていたから、男も女も身近で手に入れられる。飲めば喉を傷めることも知られており、その気になれば誰にも出来そうだった。

だがその真偽を裏づけるものは、どこにもなかった。

そしてそんな不穏な噂は、間もなく立ち消えた。

「もみ消したんだよ。え、誰がって？　言わずと知れた勝五の旦那よ。こんな噂が広まっちゃ、芳村家の名に傷がつく。喉の病は水銀ではなく、風邪をこじらしてのことと、掛かりつけの医師に診断書を書いてもらい、噂をきれいにもみ消したのさ」

驚きの声が上がり、座がざわついた。

「おきちさんは、その時どうしておられたんですか？」

思わず質問したのは綾である。

「うむ、さすがに苦労人よのう、あの姐さんは。妙な噂に空騒《から》ぎすることもなく、静観しておったよ。勝五の旦那を信頼しておったな」

ともかく噂は消えた。

だが、かの狂言が江戸で大人気になるにつれ、手本となった実在の夫婦のことは、世間の口さがない噂話となって広まった。

〝与三〟は死んだが、〝お富〟は日本橋玄冶店《げんやだな》辺りにいるそうな……。

〝お富さん〟はさる豪商の囲い者になってるそうな……。

その住処《すみか》を突き止めた者まで現れて、おきちが外に出ると狎《な》れ狎れしく話しかけてきたり、〝亭主を殺したのはお前だろう〟という脅迫めいた書状が、門内に投げ込まれたりもした。

「亭主を殺したのはお前」の文句に、おきちは過剰に反応した。娘の養育に打ち込んで忘れていた過去の悪夢に、悩まされるようになったのだ。あの親分宅の庭で、体を斬られる伊千五郎の苦悶の顔が、夜な夜なの夢に、篝火の炎に照らされ浮かび上がる。

そんな幻覚とも悪夢ともつかぬものに襲われると、幼い子を抱えて逃げ出し、吸い寄せられるように木更津へ逃げた。

江戸湾の館山《たてやま》沖には、古い伝説があった。

その沖合の南の空に、時折、輝く星があるという。その星が輝けば強い風が吹き、マグロはえ縄漁師がよく死ぬのだと。その言い伝えを教えてくれたのが、当時の伊千五郎だった。逆にいえばその星が輝く夜に、舟を出せばきっと死ねる……。

その伝説はいつしかおきちの中で、そんな救いとなった。

おきちは海に漕ぎ出す舟を探して海岸を彷徨い、漁師に助けられたことが一度ならずあったという。

そこで五兵衛は一計を案じた。

母子を秘かに、家に近い大伝馬町の路地奥の家に匿ったのだ。

それもこれも敬愛してきた亡き家元の家族を、世間の誤解から守るため。さらに世間の口の端《は》に上らぬよう、顔の広い富五郎は周囲の仲間達に、箝口令《かんこうれい》を敷いて口止めもした。

ただし五兵衛は持ち前の遊び心から、〝三題噺の会〟の宴席の三味線方に、今は芸妓ではないおきちを呼ぶことがあった。

〝二人の関係はどうなってる？〟という周囲の〝興味しんしん〟を、酒の肴《さかな》に楽しんでいたのだ。

だが皆は五兵衛の胸中を承知していたから、仲間内ではあれこれ噂しても外部には漏らさず、おかげで秘密は守られ、おきち母子は静かに世間から忘れられてきたのである。

「ま、わしらが沈黙を通したのは、そんな裏事情があったからさ。つまり『おきちさんを守る会』なる幻の会の、わしらは仲間だった」

富五郎が大真面目に言うのを、綾はくすくす笑って聞いた。

「まあしかし秘密てえもんは、どうしても漏れるもんだ。今回、周囲の誰かが、そんな暗黙の約束を破ったような気がしてならねえ」

「どういうこって？」

甚八の問いに、富五郎は首を傾げる。

「あくまで推測にすぎんがな。おきっつあんが狂いだす言葉を、面前で吐いた奴がいるんじゃねえかと」

「はあ、そんな言葉があるんかのう」

「おれは二、三度、あの師匠を乗せたことがあるが……、あの人を見てると、たしかにそんな気がしねえでもねえすよ」

磯次が口を挟むと、富五郎は頷いた。

「おきっつあんは、そんな土地っ子の口の固さに守られてきたんだ。しばらく前から、三味線を近所の子らにぼちぼち教え始めたのは、安心したからだろう。すると勝五の旦那は知り合いの子どもをどんどん紹介してやり、自分の娘も通わせて、お弟子にしちまった。そうやって世間を鎮《しず》め、おきちさんを安心させたんだ」

「手が込んでまんな」

「いや、江戸っ子らしい。粋人なんだよ。あの旦那に守られて、おきっつあんはずっと安泰だったんだ」

「ところで、今日の件は、勝田屋に伝わっておるんで？」

富五郎の茶碗に何杯目かの酒を注ぎながら、磯次が促した。

「ああ、亀清楼のお内儀《かみ》に頼んで使いを出してある。師匠のことは、今ごろはもう、勝田屋の知るところだ」

「それと先走るようだが、両国橋《りょうごくばし》の屯所《とんしょ》に、行方不明の届けを出した方が良くはねえすか？」

「うーん、まだそこまでは……」

「いや、念のためだ、おいらが一っ走りしてきまさあ」

と千吉が身軽に立ち上がる。

「一刻も早く身元が割れりゃ、助かる命もあるんでさ」

五

そのころ五兵衛は自室に籠って腕組みし、『田鶴涅槃図』と銘打たれた画を、行灯《あんどん》の灯りの中でじっと見ていた。

暁斎から、奪うように持って来たのである。

あの無垢《むく》な汚れのないお嬢ちゃんは、とうに極楽に迎えられ、観音様となって、下《げ》界《かい》の修羅《しゅら》を笑って見てますよ……という図だ。

だが親達は今なお悲しみにくれ、涙の乾く間もなく泣き騒いでいる。

(暁斎め……)

と五兵衛は内心思う。我が娘を極楽に送り込んで、この下界の世俗の垢にまみれ煩悩にまみれた愚父《ぐふ》を、笑い物にする気であろう。

「そんなに悲しみなさるな、おたつさまが笑ってますよ」

画はそう言っている。

五兵衛は、そこにある柔らかい諧謔《かいぎゃく》に触れ、ふっと心が和《なご》む。暁斎の画にはいつもそんな笑いがあり、こちらを突き放すことがない。

亀清楼から使い走りの小僧が、富五郎の手紙を届けて来たのは、そんな感慨に耽《ふけ》っている時だった。五兵衛はすぐにその場で読み、返事はなしにして心付けを弾んだ。

(何があったというんだ?)

五兵衛は自室に戻ってまた考え込んだ。

おきちがまたあの港町へ、死にに行こうとしているのか。一体、なぜなのか？　昨日は、そのつもりで家を出たのか？

しかしお田鶴が亡くなって、まだ十四日が過ぎたばかり。その衝撃から立ち直れないでいるのは、お前様ばかりじゃねえんだぞ。親の自分もただひたすら耐えているのに、お前様が一体何の騒ぎだ、と腹立たしい気分だった。

あれこれ思い出していると、雨戸を風が揺らした。

おきちと知り合う前の伊千五郎は、艶話《つやばなし》の絶えない女たらしだった。

その子を妊《みごも》った女が何人かいたようだし、家元襲名の経緯にも、複雑な事情があったようだが、五兵衛は一切関わらず、詳細は知らない。

おきちも亭主が口にしない裏事情を、問い糺《ただ》しはしなかった。あのお方がこの自分を妻に選んでくれた、それだけでいい。

成り行きで当然のように結婚し、以後夫が死ぬまでのほぼ十年、芳村家には目立った女出入りはなく、おきちは娘を一人授かった。

「それで十分でした」

とおきちは五兵衛に言ったことがある。

欲のない女だった。

『切られ与三』が狂言になり團十郎が演じて大当たりをとっても、架空の話だからと、どうしても観たがらなかった。

だが今をときめく黙阿弥作『切られお富』が評判になった時、五兵衛はおきちを歌舞伎座に招待し、狂言を観せたのである。

ここでは純情可憐なお富が、情夫の与三郎のためには、悪党をゆすって金を巻き上げ、夫をも殺す〝悪女〟として描かれていた。

芝居を見た後で、どうでした？　と感想を訊くとおきちは笑って、

「はい、あんなでござんした」

と一言だけ言って、沈黙した。

その時、何を思っていたかは五兵衛には読めない。

ただその娘が十六になった時、さる大名屋敷に奉公させることで、家から出した。里帰りもさせず、会いたい時はおきちが屋敷へ訪ねて行くらしい。

世の中に悪女〝お富〟として晒された母から、切り離したかったのかもしれない、と五兵衛は思わないでもなかった。

以後は、女中一人を置いての寂しい暮らしだったが、すぐにお田鶴が弟子入りして稽古に加わった。お田鶴はめきめき上達して、

「大人になったら、田鶴もお師匠様のようになりたいの」

と目を輝かして語るようになり、おきちは元気になったのである。

(今さら、何が問題なんだ？)

「……旦那様、育次郎《いくじろう》が戻って参りました」

と廊下の外で、女中の声がした。

「通せ」

五兵衛は、おきちと付き合いのある者たちの家に、探索方を行かせており、夕方には一度戻ることになっていたのだ。

女中と入れ違いにドシドシと足音がして、五兵衛は間もなく育次郎と向かい合った。

「それがし、行きつけの髪結い、診療所、湯屋、楽器屋、花屋……と回りましたが、誰も師匠と会っておらず、手掛かりはございません」

と若者はいつものように、軽い東北訛《なま》りのある口調で、いきなり結論を言った。

東北の小藩の江戸留守居役の息子で、馬廻役だったと聞く。

それが幕末の内紛で藩は改易《かいえき》の憂き目に遭い、その父親が、出入りの勝田屋に息子を託した。息子は思いのほか今風の若者で、あっさり武士の身分を捨てたのだ。

「ただ一つ、少し妙なことがございました」

おきち担当の蘭方医・畠山秋順《はたけやましゅうじゅん》が、留守だったという。

「若先生が留守……？　誰でも留守ぐらいするだろう」

「いえ、今日は診療所に出勤の予定だったのに、お休みだったと」

岩本町《いわもとちょう》にある畠山診療所は、年の離れた兄弟で運営していた。兄は子宝に恵まれて一家をなし、初めは一人で診療所を切り回していたが、やがて弟の秋順が、診療所近くの住まいから通って来るようになった。

離婚歴があるとか、攘夷《じょうい》運動で京《きょう》にいたとか噂されるが、詳しいことは一切不明である。

腕も良く真面目な医師と評判だった。

この日はその姿が見えないので訊いてみると、急患の家に、訪問診療で出かけたと。それを疑ったのではないが、近くの住まいにも立ち寄って、確認してみたのだ。

「若先生は昨夜からお帰りになりません」

と答えた下働きの老女に、外泊はよくあるかと問うと、相手は首を傾げながら頷いた。

「そうですねえ、しばしばではございませんが……」

五兵衛は、胸を衝《つ》かれたような気がした。

おきちは伊千五郎と夫婦になってから、何かあれば畠山診療所に通っていたのを思い出した。初めは兄先生に掛かっていたが、やがて診療所に現れた、おきちより五、六歳年下の若先生が、専属の医師となったのだ。

もちろん二人の仲を疑ったことなど、一度もない。

家元が存命中、おきちは似合いの嫁として輝いていたのだから。夫が亡くなってからは、世捨て人のように家に引きこもり、子育てにだけ集中していたようだ。

浮いた噂一つなく、ただ五兵衛がたまにお座敷に誘うと、粧《めか》し込み三味線一つ持って、まんざらでもなさそうに姿を見せた。

そんな時のおきちは色っぽく若やいで、昔のあだな姿に身をやつすことを、楽しんでいるようだった。

一方の秋順は、長身で顔が長く目がやや窪んだ感じの、地味で寡黙《かもく》な蘭方医だった。治療の腕や人柄の評判は悪くなく、艶めいた噂もない堅物である。その頑《かたく》なさは変人めいていたが、兄に言わせれば、医者には案外多いのだという。

こんな二人が陰で結びついているなど、考えられない。だが五兵衛は、出し抜かれたような落ち着かぬ気分に駆られた。

（ま、考え過ぎか……）

と思いつつも、どこか謎めいたおきちの生き様が、秋順を切り札にすると、すべてがするすると解けるような気がするのだった。

夫の没後のある時期から、二人は関係が出来たか？

（しかし、木更津だけは、病的な思い入れのあるおきちのこと、男を連れてその〝聖地〟には行くまい。行くとしたら本人一人だ）

「よし、秋順の行方を探れ。何か分かったら、夜中でもいいから知らせるよう。それと、誰かに頼んで、お種《たね》をここに呼んでくれないか」

そばで指示を待つ育次郎に、そう言って下がらせ、火鉢のそばに座り込んで埋《うず》み火をかき寄せた。

四月間近でも夜が更けると肌寒く、春宵《しゅんしょう》とも思えなくなる。

お種は、おきちが芳村家に入ってから、ずっとそばで世話をしてきた女中である。

当時はまだ三十前の小太りの女だったが、今は髪も白くなったものの元気な老女である。

「家元が亡くなってから、もう二十年以上たつ。今さら昔の話を訊くようだが、覚えている限り正直に答えて欲しい」

間もなく現れたお種にそう念を押し、家元の一大事に関わることを、確かめた。すなわち〝誰に水銀を飲まされたか〟である。

それについては、よく分からない、とあっさりお種は言った。

「では最後に、答えにくいことをズバリ訊こう」

と、懐から幾ばくかの心付けを取り出して差し出した。

「旦那に先立たれてから、おきち師匠には、誰か想い人はいなかったのかね？」

「さあ、おきち様にそんな方は……」

とお種は首を振り、心付けを押し返した。

「手前の知る限り、覚えはございません」

「ではもう一つ訊こう。女の子が生まれてから、子守役の女中がついたはずだが」

「ああ、お安《やす》でございますね」

まだ十四、五歳ばかりの、可愛い娘だった。

「そう、そのお安は今どうしてる？　確か家元が亡くなる前に、急に姿を消したと記憶するが……何かの事情でクビになったのかね」

「それは手前にも分かりませんけど……」

とお種は意味ありげに頷いた。

「ただ、悪足《わるあし》がついたって噂がございました」

悪足とは、タチの悪い情夫のこと。その男に唆《そそのか》されてもっと稼げる奉公先に移り、地獄に落ちて行く女は少なくなかった。

「じゃ、自分から辞めたのか？」

「はい……」

「今、どこにおるか知らんか」

「はあ、もう時もたっておりますし、生きてるかどうかも……」

五兵衛は頷いて心付けを押しつけ、お種を帰した。

六

夜半には風は収まってきたが、雨になった。

柔らかい春雨《はるさめ》だったが、時折の風に、軒端《のきば》が強い雨音をたてる。

篠屋の酒宴は、いつの間にか船頭部屋に移り、お定まりの賭け事が始まっていた。

富五郎は帳場に引き上げ、久方ぶりに硯《すずり》を出して、溜まっていた手紙の返事などを書き始めていた。

勝手口が騒がしくなったのは、四つ（十時）過ぎだった。

戸を叩く音がして千吉が出てみると、先ほど両国橋の番所に顔を出した時、応対に出た兎平《とへい》という男が立っている。

以前は界隈の岡っ引だったが、今は町内の自警団に詰めていた。

「おう千吉よ、早速だが、いましがたホトケさんが上がった」

兎平は急いで来たらしく、息を弾ませていた。

新大橋《しんおおはし》近くの浜町の浅瀬に、女の溺死体が浮かんだという。夜釣りの者の通報で引き揚げてみると、夕方、千吉から届け出があった行方不明の女性と、着物の柄が似ているると……。

「年格好も合っておる。早《はえ》えとこ身元の確認をしてえんだが、誰か顔を知るもんはいねえか」

事情が知れると、就寝前で、酒が入っていい気分になっていた皆は、血の気の引いた顔を見合わせた。

寒い漆黒の川べりに浮いて揺らめく女の姿が、誰の瞼にも浮かんだ。だがおきちの顔を、はっきり見分けられる者はいなかった。

何回か舟に乗せた磯次も、見分ける自信はなかった。いつも薄暗い夕暮れごろだったし、櫓を握れば四方に気を配って、客の顔などそうしげしげとは見ていない。

だがすぐ仁王立ちに立ち上がったのは、その磯次である。

「よっしゃ、わしらは無理だが勝田屋のもんなら、よもや見間違《ちげ》えるめえ。これから両国橋まで舟で乗りつけて、その先は一っ走りだ。誰か借り出して来るわい」

その時、帳場の戸がガラリと開いて、富五郎が顔を出した。

「いや、おきち師匠のご尊顔はわしがよう覚えておる。わしが行く」

「だ、旦那……」

磯次は驚いたように、濃い眉を吊り上げた。

「いや、ここで富五郎旦那が出向いちゃ、また何かと噂の種になっちまいまさァ。ここは勝田屋に任せたほうが……」

その言葉に何を思案したか、富五郎は踏み止まった。

「なに、まだこの時間です、勝田屋に一人二人、暇な若えもんが寝そびれてまさァ」

「よし、分かった。ただ、連中が行ったところで、万一の事態になっちゃ手も足も出せんだろう。千吉、お前も付いて行け」

「ガッテンです」

俺も行く……、わしも……と皆が次々と立ち上がった。

「おっと、当番は残れ。篠屋はこれからが稼ぎ時だぞ」

と富五郎の錆《さ》びた声が響いた。

「それから明け番の弥助《やすけ》と竜太《りゅうた》、舟でこちらの親分さんを送って差し上げろ。万一の時は、勝田屋を援《たす》けてやれ。明朝はゆっくりでいい」

と懐から軍資金を取り出した。磯次がそれを受け取るや、一同はどやどやと外の闇に飛び出して行った。あっという間だった。

部屋に引き取る間際だった綾は、呆気に取られて成り行きを見守っていた。何て速いんだろう、男たちのやることは、と。

ふと脳裏に浮かんだ光景、それは忘れられない遠い昔のことだ。

日が暮れると父親の元に有志が集まって来て、何事か激しく論じ合う夜があった。だが何かの合図があると、ぱっと散って行き、そこに残るのは文机《ふづくえ》に向かう父の孤独な姿だけだった。

綾は何となく勝手口から出て、朧《おぼろ》な春の闇の中で川を見下ろした。

二艘は下流へ滑って行ったはずだが、水音がしただけで、もう何も見えない。綾は暗い夜空を仰いで、あのおきちのために手を合わせた。

何時ごろだったろう。どこか遠くで戸の開閉する音がし、人声が聞こえたような気がしたのは。

今夜、綾は念のため夜着に着替えず、普段着のままで寝床に入ったが、昼の疲れでぐっすり眠ってしまっていた。

慌てて起き上がって襟《えり》元と裾を正し、髷《まげ》を撫で付けて出て行ってみると、台所には誰もおらず、妙にシンとしている。

誰かが入って来たような気がしたのは、あれは夢だったか。

船頭の誰かが戻ったのかな、とぼんやり佇んでいると、思いがけなくも奥の座敷から、廊下を戻って来る者がいる。

「まあ、甚さん、こんな時間にお客様ですか」

篠屋では深夜の泊まり客は珍しくないが、そうした一般客は、二階の奥座敷に通すのが普通である。今夜のように一階に通すのは、ほとんど富五郎の呑み仲間が多かった。

「あっ、起きんでいいよ、あんたは寝とれ。ここはわしの出番だ」

「でも、どなた様で……？」

すると甚八は唇に人差し指を当て、ずんずんと台所に入っていく。

そこに手にした炭入れを置くや、玄関脇の小部屋の方を指さして言った。

「いや、つい先ほどまで、いつも通り番をしてたんだがね。ついうとうとと寝ちまってな。どうもわしゃァ、寝覚めが悪いよ……」

人声がして気が付いたという。お客さんと気付いて起き出すと、すでに玄関の上がり框で応対する富五郎の声がしていた。

玄関から聞こえてくるのは、女の声だった。

その低いがよく通る声を耳にし、甚八は釘付けになった。どうも昼に玄関先で富五郎と話していた、あの女人らしいのである。

「えっ、おきちさん？」

「そうなんでえ、あの女《ひと》のはずはねえんだが」

だが女は低い柔らかい声で、富五郎にこう訴えていた。

「……はい、今夜、木更津行きは出ないって言われたけど、待ってたんですよ、ええ、つい今しがたまでね。どうしても今夜中に着きたくて。河岸には、そんなお客さんが何人もいましたよ。だって頑丈な定期船だし、もう風は凪いでたんですから」

「ほう。しかし陸《おか》で凪《な》いでも、海は荒れてると言われたね」

それは富五郎の声だ。

「そうなんです。皆はぼちぼち引き上げていくし、雨も降って来て、何だかやけに心細くなっちゃって……。そういえば、とふと篠屋さんを思い出したんですよ、篠屋さんなら、真夜中でも気軽に泊まれる旅籠《はたご》だから、安心してご厄介《やっかい》になれると……」

「おお、よう思い出してくれました。さ、遠慮なく上がってくだせえ。まずは一杯やって、ゆっくり休みなされ。おーい、お客様だ、奥座敷にお通ししろ」

甚八の話を聞いて、綾はとっさに思い巡らした。いずれ磯次らが帰って来ようが、その時はどうするのかと。

ともあれ気を取り直し、裏方の手伝いをすることにして前掛けをかけ、台所に立った。手早く支度した軽い酒食の膳を、甚八と六平太《ろっぺいた》が、何ごともない顔で奥座敷に運んだ。

富五郎も、機嫌よく酒を付き合っている。たぶんあの話はなかったことにしておきちを泊め、何も言わずに帰すつもりだろう。

そのうち櫓の音がして、船着場に舟が着いたようである。

磯次一人か、皆が一緒か……。あれこれと想像しながら、綾は新たな酒の支度を始めた。勝手口の戸が開いて誰かが入って来る足音がする。

綾は顔を上げ、ハッと薄暗い辺りに目を凝らした。

「あらっ!」

入って来たのはただ一人。五兵衛ではないか。

「まあ、お久しぶりです、お一人でございますか？」

思わず声をかけると相手は笑い、磯さんは今、この上流まで帰るという勝田屋《うち》の若い者を送っている最中だと答えた。

「いや、磯さんが迎えに来てくれた舟で、私が確認に行ったんだよ」

自分が行くと言ってきかず、手代二人を連れて出たのだ。

だが対面した死体は別人だった。そうと知ってすぐに舟で引き返し、篠屋の船着場で五兵衛だけが降りたのである。

他の船頭は、勝田屋が持参した酒を勧められ、まだお浄《きよ》め中という。

「今夜は旦那が、いるね？　ちと話したいことがある」

と五兵衛は心得たように、顎で帳場をしゃくった。

「……ちょっとお待ちを！」

と綾が慌てて五兵衛の前に飛び出した時、ちょうど甚八が奥から戻って来た。

「あっ、甚さん、旦那様をここにお呼びしてください。お客様です！」

七

「や、師匠、ここにいなすったか」

事情を聞いた五兵衛は、ガラリと障子《しょうじ》を開けてずかずかと座敷に入った。その後に富五郎が続いた。

綾はとっさに、茶道具の載った盆と水の入った土瓶を手にして追いかけて、障子を閉めかけた富五郎の後から中に滑り込んだ。

「まっ、こんな時間に、どうなされたので」

ございます……がおきちの口の中に消えた。

思いもよらぬ五兵衛の出現に、おきちは飛び上がるように居ずまいを正し、ペッタリと畳に土下座した。

「ま、顔を上げてくださいよ。それじゃ話しにくくていかん。私はたった今、師匠のホトケさんと対面してきたばかりですからね」

「ど、どういうことでございます？」

「誰かが行方を心配して、捜索願いを出してくれたんだ。するとたまたま、浜町辺りに流れ着いた死体があったと知らせがあって、すっ飛んで行ったんだ。まだ若い女性で、悲しむ家族も多かろうが、別人でほんとに良かった。おきちさん、あんたは昨日から、一体どこでどうされてたんですかね」

こんなに大真面目に怒る五兵衛の顔を、初めて見た。

「あらま、それはそれは、お騒がせしてましたのね」

とおきちは、開き直ったように軽く受けた。

「でも、あいにくでござんした。どうもしやしません、こんなにピンピンしてますよ」

「木更津へ行くんじゃなかったんですか？」

「いえ、そんなのただの気まぐれ……」

「昨夜は、秋順先生とご一緒だったんですか？」

「え、どういうことで？」

「うちの若い衆が、調べて来たんだが……」

おきちは感情を隠すように、視線を逸《そ》らした。綾はドキドキして聞き耳を立てながら、いたずらに炭をかき熾《おこ》す。

「どうやら図星のようですね」

今はもう穏やかな表情ではあったが、五兵衛の語気は強かった。育次郎はあの後さらに調べを進めて、就寝前だった主人を再び訪ねたのである。

「あの二十七日の法要があった後、日本橋葭町《よしちょう》の『花澤《はなざわ》』に寄られたんでしたね」

町内の駕籠屋に当たると、二台の駕籠がその小料理屋に、二人を運んだという。一人は秋順で、もう一人は年配の女性だったと。

すぐに『花澤』に乗り込んで聞き込むと、この店は秋順の行きつけで、一緒の女性はおきち師匠だと判明。二人は過去にも、何度か一緒に来たことがあったという。

「師匠は、あの先生とは……あ、誤解しないでくださいよ。そんなことはどうでもいいんです。この勝五が心配してるのは、つまり、過去の例からして、師匠の木更津行きはただの旅じゃァないってことで。これが取り越し苦労ならいいんだが……」

「何を言いなさいますか」

気丈に言い返すおきちに、

「いやいや、勝五の旦那のご心配はもっともですよ」

と富五郎がやんわりと五兵衛を援護した。

「正直に言わせてもらいやしょう。おきち姐さんの木更津行きは、何かこう、冥途《めいど》の旅にでも出るようでどうもいけねえ。だから今夜、木更津船に乗れずにうちに来なすって、わしは大いに安心したんでして」

「またご冗談ばかり……」

「いや、わしから見りゃ、うむ、急に言うようだが、はっきり申して、姐さんは知る人ぞ知るこの町の宝だ。そう恐縮ばかりしとらんで、もっと威張って生きてもらいてえと思うがね」

　するとおきちは、ふと顔を上げた。

　化粧が剝げて、その下から疲れが滲《にじ》み出ていた。だが先ほどまで眠たげだった目は底光りし、挑むように勝田屋と富五郎を睨みつけた。

　そして急に声を上げて笑い出したのである。

「この町の宝？　ほほほ、聞いて呆れますよ。旦那様方ほどには、この町は居心地が良くないんでございますよ、たまには旅に出たくもなりますわ」

「その通りかも知れません。ただ、何だか心配でたまらんのですよ」

　五兵衛が肩をすくめて言った。

「師匠、ちなみに秋順先生は今、どこにおいでですか」

「え、先生を、あたしがどうかしたかって？」

「まさか、そういう意味では……」

「あたしが先生との関係を清算した？　冥途のひとり旅に出るため、先生をどうかしたって？……そんなこと、ありゃしませんよ！　それじゃまるで狂言じゃありませんか、ほほほ……」

甲高い声で笑うおきちに、富五郎と五兵衛は思わず顔を見合わせた。綾もまた、どこか狂気の影を見たように思った。

遠くで戸の開閉する音がし、皆が帰ったようだ。

「このきちがそんな大それたこと、出来るはずがございません」

「ならば先生は今、どこにおられる？」

「存じませんよ。どうしてあたしが答えられましょう」

いつもは腰の低いおきちが、珍しく受けて立った。

「ええ、たしかに昨夜は、先生と『花澤』に参りました。タコのお煮付けや、海老しんじょが美味しいお店でござんしてね。ご存じのように、あたしは美味しいものに目がないんです。先生もそれをご存じで、たまにそこらでお会いすると、お誘いくださるんですよ」

「分かりました。昨夜は、偶然会って誘われた……。問題はその後です。店を出たのは五つ半（九時）、それからどうされた？」

　おきちの目が、不意に五兵衛の視線を鋭く捉えた。

「何でござんすか。ここはお白州《しらす》じゃァござんせんよ、なぜこのきちが、自分のあれこれを、お答えしなきゃなりません？」

　五兵衛はぐっと言葉を呑み込んだ。

　二十年前に家元を襲った水銀事件が、家元亡き今も、ずっと自分の胸の底に鮮やかに揺曳《ようえい》していることに、気が付いたのである。

八

　当時、五兵衛は、自分が揉み消したその事件を秘かに調べていた。

　広く活躍し、宴席も多かった家元には、水銀入りの飲食物をどこかで摂取させられる機会は、幾らもあるように見えたのだ。商売敵《がたき》、金や女を巡る怨恨《えんこん》、嫉妬、対人関係のもつれ……と。

　だが探っていくうちに疑いは家族に向かい、追及は頓挫《とんざ》した。

　家元は喉を使う商売柄、外で口にする酒や食べ物には気を遣い、家での食事を中心としていたのである。

出入りの多い芳村家では、毎朝毎夕の食事は賄《まかな》い方に任せていたが、家元の膳だけは女房のおきちが仕切っていた。

そこまで踏み込んでの調べは、とても出来まい。そう考えて追及はやめ、あらぬ噂を揉み消す方に努力したのである。あのまま調べを続けていたら、もしかしてその矛《ほこ》先《さき》は、おきちに行き着いた？

絶対におきちではないと思うそばで、一抹《いちまつ》の疑念がよぎり、それがこの二十年、微かな影となって胸にあったのである。

「でもまあ、どうぞ、いかようにも思ってくださいまし。いずれ〝切られお富〟は天下の悪女でございますから……」

言いかけておきちは激しく咳き込み、着物の襟に手をかけた。

綾は急いで手元の湯呑み茶碗に、まだぬるい土瓶の湯を注ぎ、そばに駆け寄って差し出した。

飲み終えるのを待って、きつく締めつける帯の結び目を解いてやると、おきちは安《あん》堵《ど》したような感謝の視線を綾に向けた。

「これはすまなかった」

五兵衛は少し慌てたようだ。

「今夜は遅い、あとは明日にして、もう寝《やす》んでくださいよ」

「いいえ、旦那様」

とおきちは、絡《から》むように少し粘りのある声で言い出した。

「今日は、神田川《かんだがわ》の上流から、篠屋河岸まで下ってきたんですよ。いえいえ、ちゃんと舟で参りまして、死体でなくてすみません。ほほほ……。でもそれまでどこにいたか、先刻ご存じでございましょ？」

「いいえ、知らないから探してたんで。どこにいらしたんですか？」

「別に、隠す気なんてございませんよ。あれから、ええ、畠山診療所の寮（別宅）に駕籠で案内されたんですわ。ああ、あれはどこでしたか……よく覚えてませんけど、朝まで若先生とご一緒したんですよ」

「…………」

（いけません？）

と言わんばかりに目を吊り上げた形相に、綾は〝お富〟を見た。

だが目を吊り上げたとたん、急に両手で顔を覆って身体を折り曲げ、軽い悲鳴をあげその場に突っ伏したのである。

「ど、どうされた？」

五兵衛がぎょっとしたように腰を浮かした。

「ああ、あたし、大変なことを……。お願いでございます、だ、旦那様、急いで誰かを寮に行かせてくださいまし。まだ生きておいでかどうか……」

「な、何だって、いま何と？」

五兵衛は詰め寄った。

「いえ、薬でございますよ、よく眠れるよう秋順様に処方していただいた薬を……」

「眠り薬を飲ませたんですね」

そばにいた綾が問うた。

「何という薬ですか？」

「さん……」

「酸棗仁湯《さんそうにんとう》でしたか、酸棗仁湯をどのくらい？」

「ええ、よくは覚えてないけど、十包みくらいあったと思うねえ、酔っておいでだったんで、水に溶かして飲ませたんですよ……」

「それを全部？　何時《なんどき》ごろ？」

おきちは曖昧《あいまい》に頷き、何を思い出したか、ほろりと涙が頬を伝った。

「時間は、そう、もう明るくなりかけてたかしらね」

「その寮はどこにあるんです？」

「神田川の川べりですけど、場所は昌平橋の上流としか……」

それきり首を振るおきちから、五兵衛は、血走った目を富五郎に走らせた。二人の商人は目を見合わせ、火花を散らした。

（わしらだけで収め切れるか）

と二人はとっさに思い巡らしたのだ。

犯罪はいま新政府の管轄であり、幕府の政商だった大店などで事件が起これば、何やかやと口実をつけられ潰されてしまうのを、何度か見ている。

その時、障子の外で声がした。

「磯次ですが、ちょっといいすか」

「おっ、帰ったか、入れ」

ガラリと障子が開き、廊下にしゃがんでいた磯次が首をつき出した。

「ここで失礼しやすよ。いや、今、畠山寮の名が耳に入ったんでね。実は手前《へえ》、あの寮に行く客を、何度か乗せたことがありやして。場所は分かりますんで、ここはわしに任せてくだせえ」

「おお、よう言った、そいつは有難え。よし、イキのいいのを二、三人連れていけ。その近くに診療所はあるか？」

「いや、ねえでしょう。何でもその寮が、新しく診療所になるんだそうで」

「そうか。ならばそこで何かあったら、岩本町の畠山診療所へ行くしかなかろう。それと、そこらに千吉がいたら呼んでくれ」

磯次の姿が廊下から消えたとたん、待ちあぐんだように五兵衛の声が飛んだ。

「師匠、おきちさん！　一体何があったんです？　正直に話していただかないと……」

「ええ、ええ、話しますとも。大恩ある旦那様に、これ以上ご迷惑はかけられませんよ」

おきちは消え入りそうな声で言い、小さく何度も頷いた。

九

「……秋順様はこのきちに、以前からお気持ちを寄せてくださっていて……、ええ、それは承知しておりました。何かとお世話になり、お酒をご一緒することも……。あたしも憎からず思ってましたけど、深いお付き合いは、初めからお断りでしたよ。あちら様は、あの通りお若いんだし」

とおきちは、少し掠れた声で話し始めた。

「ええ、何よりあたし、殿方はもうたくさん……」

あのおたつさまの二七日法要の後、せっかくのお膳もそこそこに、勝田屋さんを出ました。ただただ心が湿って、どこにも居場所がないような感じでございました。

でも出てすぐそばの暗がりから、ヌッと秋順様が姿をお見せになったのです。

「久しぶりに『花澤』はいかがです？」

と誘われ、ああそれもいいか、という気になりましたのです。このお方としばし酒で和むのも、しばらくぶり……思えば患者としての長い付き合いで、気を張ることは何もない。そばには、あたしのために駕籠も待たせてあったのですから。

お店に着くと離れに通され、先生はすぐにお酒を所望された。でも徳利を二、三本空けると、何を思いつかれたか盃を置かれ、

「実はちょっと、お連れしたい所があるんです。いえ、遅くならぬうちにお宅へお送りしますんで、これから少しいいですか？」

と遠慮がちに仰《おつしや》ったのです。

「と申すのも、近いうちに私は、新しい診療所を任されることになりましてね。といっても畠山診療所の分院でして、駿河台にある寮を改築したものです」

「まあ、おめでとうございます。偉くなられるのですね」

「まあ、すぐ近くだし、あちらに祝い酒も準備してあるんで……」

あたしは好奇心から、ちょっと覗いてみようと。でも〝すぐ近く〟にしては、駕籠は結構走りましたよ。何だか不安でしたけど、もう引き返すわけにもいかず、まあいいかと……。

その建物は神田川の川べりに建っており、まだ誰も住んでいないのか、ひっそりと闇に沈んでいました。門番だけはいて、合図をすると門が開いて、影みたいな老人が灯を入れた提灯《ちようちん》を渡してくれたのです。

秋順様は馴れた足取りで裏口から入り、暗いひんやりした廊下を進んでいかれた。酒が回って頭がぼうっとするままついていくと、木の香も新しい奥座敷に案内され……どうやら川沿いにあって庭に面しているようで、ひたひたと水の揺れる音が聞こえました。

先生はすぐに座布団を出され、台所からすでに酒と簡単な小鉢が用意された膳を運んで来られ、酒を勧めました。

周囲を見回して落ち着かないあたしに、どうですか……と先生が急に冗談めいて言われた。

「こんな屋敷に住んでみたいと思いませんか?」

「え? そりゃもう誰だってそう思いましょう」

「ならおきちさん、ここに来なさらんか。実は自分も出直す気になって、世間並みに嫁をもらいたくなりました」

それを聞いて、飛び上がりましたよ。

「何を仰るかと思えば、またご冗談を……。あたしはもう、五十婆ですよ。この年になって、花嫁なんかになりたかござんせんよ。こんなお婆じゃなく、若くて可愛い娘さんが幾らもいるでしょ」

「いえ、冗談ではない。この機会をずっと待ってたんですよ。女房になったからといって、特に何もしなくていいんです。この座敷の、この座に座ってもらえたら本望《ほんもう》だ……」

「まあ、そんなの世間の物笑いのタネじゃありませんか」

と笑い飛ばしたけど、相手は少しも動じず膝をジワリとお寄せになり、

「考えてもご覧なさい。おたつさんが亡くなってしまい、勝田屋さんはおきちさんに、表向きの用がなくなったんですよ」

と何だかひどく寝覚めの悪いことを、耳元で囁《ささや》くのです。

「勝田屋は師匠に近づきになりたくて、お嬢ちゃんを弟子入りさせたんです。たしかに伝説の人を身近に囲って、勝五の旦那は男を上げたでしょう」

「言っときますが、あたしは囲われちゃおりませんよ」

「それは重々承知の上で、ま、話の勢いというもんで。しかしおたつさんの亡き後はどうするおつもりか。このままではいきますまい」

「そんなこと……」

驚きのあまり、〝考えてもみませんでした〟の言葉を呑み込みました。ほんと、そんなこと考えたこともありませんよ。

「いつ放り出されたって、三味線で生きていけますし」

「いや、放り出されるより、今度は本当に囲われるかもしれません」

「まさか、あなた！　死に損ないの殿方じゃあるまいし、勝五様のようなあんな男盛りが、何を好んで……」

「いや、分かりませんよ。だからそうなる前に、私の所へおいでなさいと……。世話になった勝五の旦那に、今さら剣突《けんつく》も出来ますまい？　やっとここまで無事に来たんだ、もういいじゃありませんか」

（ここまで〝無事〟に……？　それ、どういう意味ですか？）

何だかヒヤリと肝《きも》が冷える思いでした。

真意が分からず、白けた気分でお酒を付き合ううち、妙なことに気が付いたんでございますよ。秋順様にはどうやら、あたしと何かの秘密を分かち合っているという、強い思い込みがおありだと。

いつになく酔いが早く回った秋順様の充血した目を見て、ハッと思い当たりました。

そう、主人が喉を痛めたあの経緯《いきさつ》でございます。

ええ、あの事件があってから、周囲にあらぬ噂が立ったのは、もちろん知っておりました。主人が人さまの妬《ねた》み嫉《そね》みを買って、食物に水銀を盛られたと。その下手人《げしゅにん》はごく身近な人だと……。

ただそれが誰かという決め手は、ございません。

「このままじゃどうも、世間体が悪い」

と贔屓筋……特に勝五様が心配してくださり、水銀ではなく風邪をこじらせたと、手を尽くして噂を打ち消してくださったのです。

ですがあたしは、疑心暗鬼の地獄でした。

と申しますのも主人は唄方という商売柄、贔屓筋に呼ばれる宴席や、差し入れがとても多く、誰の仕業か調べようもございません。

でも喉や声の具合に用心深く、この女房が作る〝喉に良い献立〟を、よく食べてくれたのも事実でございます。

喉に良く美声を保つお薬……といえばなんといっても黒豆の煮汁。

深川時代、五指《ごし》に入る芸妓と言われたあたしは、毎朝、湯飲み一杯の煮汁を欠かしたことがない。結婚してからそれを思い出し、煮汁を作り置きして、毎日飲ませていたんでございます。

その主人が喉の痛みを訴えたのは、家元を襲名して少したってからで、折から風邪が流行《はや》った寒い時節。

「たぶん風邪だろうが……」

と言いつつ、主人は、秋順先生に診てもらいに行ったのです。

あれこれ検査しての診断は何と、〝水銀〟を摂取したことによる中毒症状、という。

毎日の食事について、主人は詳しく訊かれたそうですが、これといった不審物も見当たらなかったと。

でもやがて世間に、誰言うでもなくまことしやかな噂が立ちました。

「食膳に毎朝出される黒豆煮汁に、水銀が混ぜられていたらしい……」

のけぞりましたよ。下手人はこの女房だと明言しているんです。

ええ、青天の霹靂《へきれき》とはこれを申すものでしょう。

一体誰がそんな噂を？　すぐに秋順先生の元へ駆け込みましたよ。だって水銀と、黒豆煮汁のことを知るのは、先生しかおりませんから。

先生はそれを聞いて驚かれ、弁明された。自分はこのことを一切、口外していないと。それどころか、勝田屋さんに頼まれて、家元の病は悪性の風邪、という診断書まで書かれたそうでございます。

ここでおきちはまた激しく咳き込んだ。

綾は生《なま》ぬるい砂糖水を作って飲ませ、背中をさすった。

「ああ、ごめんなさいまし。トシでございますねえ」

考えてみますとこの噂は、家元を死なない程度に傷つけ、返す刀で女房をも陥《おとしい》れんとする、悪質極まりないやり口でございます。

命に別状ない周到な手口は、女の仕業に違いない。

そう考えた時、ここしばらく家元の外出が多く帰りも遅くて、ヤキモキさせられていた日々に、ストンと納得がいきました。

もしや旦那様は浮気を？

女中達や出入りの者に問うてみると、そういえば……と誰もが頷き、心当たりを口にする。家元が足しげく通っていた女の存在は、そこそこ知られていたらしい。知らぬはこのおきちだけ！

なんと頓馬《とんま》で抜け作な女房でしたことか！

水銀がどこで口に入ったか、家元には心当たりがあったのでは？

厳重に食事を制限していても、浮気先では何かと召し上がったはず。

でもそれを問うと頑なに口を閉ざし、奥の間に籠ってしまわれる。お弟子へのお稽古もままならぬ状態で、芳村家はもうお先真っ暗。

だからといって世間体を憚って泣き寝入りだなんて、我慢出来ません。思い余って女中のお種に相談してみると、こんなことを言うのです。

娘の子守を務めていた女中が半年前に辞め、その代わりに雇い入れた、お安という十五になる小娘のことでした。

「あの子、挙動不審《きよどうふしん》ていうか、時々どこかへ無断で出かけるんですよ」

外出はほんの短い時間だけれども、放っておくのも気になるので、今日もどこかへ出かけて帰って来た時、問うてみたら、

「旦那様のお使いで、日本橋の演芸場の木戸《きど》まで参りました」

と答えた。行く予定の日の席を予約し、木戸銭を払ってくるのだと。

ええ、落語好きの家元は、聴きたい演目があると、使いをやって同行者も含めた席を予《あらかじ》め買い占めておく――それはいつものことでした。

お安は、木戸銭入りの封筒を顔見知りの木戸番に渡し、封筒に入った〝通り札〟を受け取ってくるだけだと。

「でも、今は外にお出かけなさらない旦那様が、一体どうなされたのでしょう、その日は行かれるのでしょうか？」

お種の言い分に、あたしは調べの者を雇って、この演芸場の木戸番を調べさせたんでございます。

それで浮かび上がったのが、檜物町《ひものちょう》でも名のある芸者だったのです。

名を〝琴路《ことじ》〟といい、目鼻立ちがくっきりと爽やかで、細いうなじが色っぽい、檜物町でも評判の美女と聞きました。

十

そのお方は家元の結婚前の相手で、夜ともなれば、足しげく通う仲だったと……。

檜物町といえば、柳橋と並ぶ花街。お客様は日本橋界隈や魚河岸の旦那衆ですから、芸妓の気《き》っ風《ぷ》の良さが評判でした。

でも所帯を持ってからは、花街通いはとんと遠のき、家元になった時は大層身ぎれいだったと、新妻のあたしは聞いていました。

もしかしたら何かの拍子に、焼けぼっくいに火がついた？

折から娘も順調に育ち、お安が世話係として来てくれたころが、あたしの人生でも、最も幸せだった時期でしたよ。

調べると、お安は琴路のいる芸者屋の小女だった。問い糺してみると、半年だけ芳村家に入ってほしいと頼まれ、言われた通りにしただけだと。

ただお安が家元から預かる木戸銭入りの封筒には、家元の手紙が同封され、小屋の木戸番を通じ、琴路に渡されていたのです。

泣いて謝るお安を、容赦無く芳村家から追放しましたが……。

いま思えば、おたつさまより一つ上のわずか十五。あたしが深川に売られた年でございます。半玉《はんぎょく》から芸妓になるのを夢見て、琴路に気に入られようと振る舞っただけの、気のいい小娘だったのでしょう。

家元は、すべてをご存じだった。でもすべてが判明しても、芳村家は世間体を気にし、琴路に何の措置も取らずじまい。

たぶん三十路《みそじ》に近い琴路という年増女が、情人とその女房に放った嫉妬と憎しみの毒矢は、あたしの中に、深く刺さりましたよ。

でも……。そのうち、これでいいと思うように……いえ、許したわけじゃない。あたしの勝ちだと思うようになったのです。

家元は弁明を一切しなかったけど、優しくしてくれた。店屋物《てんやもの》や、山のような見舞いの品々に手をつけず、女房の手作り料理を口にし、黒豆煮汁を毎日飲んでくれました。何よりずっと家にいたことで、琴路から、女房の元に帰ったのです。

あたしは密かに祈りました。

家元の喉はこのまま全快しませんようにと……。

罪深いこの望みは叶えられ、家元は全快しないまま流行り病に罹り、あっけなく逝きましたのです。数え四十八でした。

「師匠、そこまでは分かりました」

五兵衛から質問が鋭く飛んだ。

「しかしなぜ、罪もない医者に眠り薬を飲ませたんで？」

「それは……」

過ぎた二十年の時空を行き来するよう、おきちはしばし沈黙し、

「だってあたし、秋順様に何も言わなかったから、琴路さんやお安のことは、無理もありませんよ。食べ物に水銀を混ぜる……それも何日も続けるなんて芸当は、女房にしか出来ませんもの。たぶん誰もが思っていたように、先生も思っておられたでしょう。下手人はおきちだと」

「…………」

五兵衛はまじまじとおきちを見て思った。

その通りだ、自分もそう思っていたのだと。

おそらく秋順は、家元の浮気も噂で知っており、おきちの嫉妬に狂う胸中を誰より察していただろう。その思い込みに自信を深めたのは、贔屓筋のこの五兵衛が、途中で犯人追及を止めたことにある。

自分は〝家元の病は水銀とは無関係〟として、噂を打ち消した。おかげで噂は止んで、〝水銀事件〟は闇に葬られた。

だが皆は心の底で納得したに違いない。やっぱりそうなんだ、と。

「皆が忘れてもあの秋順様だけは、ずっとその思いを胸に秘めてこられた。つまり悪婆のきちが旦那様を殺し、それを知りながらずっと黙ってきた自分は、共犯者なのだと……」

とおきちは言った。

「それに気付いて、すぐに腹を決めたんでございます。道連れにするのはこのお方だと……。だってあたしはおきちなのに、あのお方は〝お富〟がお好きなんですよ。お富と寝て、お富を女房にしたかった。そのお富に殺されるのは、本望じゃないですか」

おきちは笑いながら、少し涙声で言った。

「え、いつから眠り薬を持ち歩いていたかって？　おたつさまのことがあってからです。いつかどこかで、気分良く眠れそうな時があったらと……。いえ、木更津はもう行きませんよ。やはり遠うございますし。でもね、伊千五郎様にお会いして、お訊きしてみたいことがある。あたし達、どこから物語の人になってしまったのかって……」

おきちはその夜、隙を見ては酒に眠り薬を少しずつ溶かし、さりげなく秋順に勧め、自らも飲んだのである。

求められるまま、隣座敷に用意されていた床で同衾《どうきん》した時は、枕元の水差しにも抜かりなく溶かし入れた。

おきちは間もなく眠りに引きずり込まれたらしく、房事《ぼうじ》のことはぼんやりとしか記憶にない。気がついた時は、二人は床に並んで眠っていたのである。

「秋順様は大きないびきをかいておられたから、たぶんあのままあちらへ……」

そこで声を途切らせ、虚《うつ》ろに開いた目を宙に浮かせた。

だが秋順は生きていた。

後日談によれば、房事の後に一気に水を飲んだが、さすがに味の異変に気づいて、とっさに一部を吐き出したという。

そして横でぐったりしているおきちを目にし、残る力でその身体を縁側に引きずり出し、無理やり吐かせたと。

その話を五兵衛から聞いた暁斎は、あの『田鶴涅槃図』をいったん勝田屋から取り返し、新たに一筆を描き加えた。

観音になったお田鶴を囲んで嘆き悲しむ人々の端くれに、おきちの泣きくれる姿を、描き入れたのである。

その画は四十九日の法要で、祭壇に飾られた。

暁斎はその他にも、五兵衛から頼まれたお田鶴供養の画を一年かけて完成させており、一周忌の追善供養に披露した。

それが『田鶴地獄極楽めぐり図』である。

お田鶴が、地獄めぐりをして極楽に至る道のりを、全四十図の長大な画帳に収めたもの。その最後の一枚は、一周忌の二年後に加えられたもので、お田鶴は何と、開通したばかりの〝陸蒸気《おかじょうき》〟（汽車）に乗り込んでいた。

それは極楽へ向かって驀進《ばくしん》しており、泣き疲れた人々もつい笑みを誘われる、晴れやかな出来栄えだった。

長唄の師匠を続けていたおきちはその後、生誕地の本石町へ引っ越し、明治十一年八月に、六十三歳で没したと言われる。

第二話　花盗《はなぬす》っ人《と》

一

馬喰町《ばくろちょう》通りは、浅草橋を渡って来た北からの旅人や、北へ向かって駆け抜ける騎馬で、早朝から騒がしかった。

だが陽が傾きかけると、それは宿引きの黄色い声に取って代わる。

「うちでぜひ、江戸前の魚を召し上がれ！」

「うちはお安いですよ、ご飯とお汁がお代わり自由だ」

「南部藩《なんぶはん》から来られたお方、うちが安心の定宿《じょうやど》です」

そんな声が飛び交う通りを、船頭の竜太は色とりどりの軒提灯に沿って、神田川へ向かっていた。

十月もなかばで、日が翳《かげ》ると川風が冷たかった。竜太は思わず、首に巻いていた手拭いを薄毛の頭に移し、頬かむりにする。

だが全身がほかほか暖かいのは、裏通りの屋台で熱いうどんを手繰《たぐ》って来たからだ。牛筋肉《ぎゅうすじ》とネギを汁を張った鍋で煮立てたもので、時々これがむしょうに食べたくなる。

いつか食べた牛鍋と、味が似ていた。その牛肉はすこぶる旨く、一鍋平らげると力がもりもり湧いて、櫓を幾らでも漕げそうな気がした。

とはいえ店で牛鍋を食べると五銭（千円）。屋台でこの牛筋入りを食べると、二銭でお釣りがくる。竜太には、これで十分だった。

浅草橋まで続く通りの数本手前で左にそれ、一膳飯屋や一杯呑み屋が軒を並べる裏通りをしばらく進むと道が切れ、急に川の匂いが鼻をつく。

舟は浅草橋より上流の、新シ橋《あたらばし》の辺りに係留してあり、夕闇が溜まった川面《かわも》に揺れる何艘かの中で、見分けもつかない。

だが夜目の利《き》く竜太は難なく見当をつけ、暗い河岸に飛び降りる。屈《かが》んで綱を解こうとしたそのとたん、ギョッとして背筋が固まった。

背後に誰かいる。

背中に、おそらく刀の先らしいものを突きつけられて、うっかり動けない。

「ち、ちょっと、お客さん……」

竜太は両手を振って、悲鳴を上げた。

「脅かしっこなしですよ、言ってくれりゃどこでも行きまさァ」

「この舟の船頭か？　名を名乗れ」

（名を名乗れだと？）

思わず竜太はムカッとして、我を忘れた。

「てやんでえ、べらぼうめ。自慢じゃねえが、船頭《わしら》は名前なんぞで勝負してねえんだ。天下のお侍こそ名乗りやがれ」

まくし立てるや、背中の刀を振り払った。

……と思いきや、刀は一瞬、身体を離れただけで、次は心の臓にピタリと突きつけられている。

チリチリと背筋が震えた。相手はやけに身が軽い。

「よう、お武家さんよ、わしに何の恨みがあるんでぇ」

と今度は居直って負けん気強く叫んだ。

「金が目当てなら見当違《ちげ》ェよ。今、洗いざらい篠屋の帳場に置いてきたばかりだ。今は命しかねえが、取れるもんなら取ってみやがれ！」

するとスッと刀の先が引っ込み、暗がりの中から笑い声がした。

「黙って聞いてりゃよく吠えるね。お前の命なんぞ幾らにもならん」

その口調を聞いて闇に目を凝らすと、相手の全貌が見て取れる。

小袖の下にのぞく洋風の白シャツの衿が、夜目にも白く見えた。背はさほど高くないが、二十代の盛りのしっかりした体つきで、野袴の腰に刀をさしている。

この開化の世の流行をまとった、今どきの若侍だ。

しかし、そのお洒落《しゃれ》な装いにしては、語尾に北国の訛りがある。

「へへ……兄さん、北から来なすったね」

せめてもの皮肉をこめてからかい、今度こそ一撃が来るかと身構えたが、意外にも相手は大きく笑った。

「ははは……やっぱり分かるか。その通りだよ。つい一昨日着いたばかりの正真正銘の田舎もんだが、実は追われてる……」

この土手を逃げて来たのだが、姿をくらまそうと下の河岸に飛び降りた時、その後を追いかけるように竜太が飛び降りてきた。

てっきり敵と思い、土手の石垣に影のようにへばり付いていたという。

「いや、脅したりして悪かった。実は京に向かう旅の者で、名は山本三郎《やまもとさぶろう》。普段は静かな男だが、今はいささか気が昂《たかぶ》ってる」

「へえ、山本様ね、どこから来なすった」

「北だ」

事情があるのだろう、ことさらにぶっきら棒に言い、竜太も深追いはしなかった。

「お江戸に寄ったのは、会わねばならん人がいたからだ。ところが何だい、この町は。頼みもしないのに妙なことになっちまった……」

と、初めて不安そうに周囲を見回した。

「追われてるって、追っ手が誰か知っていなさるんで？」

「知るもんか。〝蔵前《くらまえ》の六天様《ろくてんさま》で待て〟と言われたんで待ってただけの話。だがその相手は来なかった。来たのは見も知らぬ追い剝ぎよ」

（お、追い剝ぎ……？）

どうもやっぱり事情があるらしいが、人は誰しも事情がある。

竜太には、これから夜半まで働かねばならぬ事情がある。相手に付き合ってる暇はないし、あまり関わりたくもない相手である。

「ま、ともかく乗んなせえ。舟まで追ってくるめえから、望みの所まで送ってあげまさァ」

「じゃあ、その辺を少し漕いでもらおうか。いや、旅籠《はたご》はこの馬喰町にあって母と姪《めい》が待ってるんだが……少々頭を冷やしたい」

「分かりやした」

舟はゆっくり暗い川を遡り始めた。

舟に腰を下ろした男は、過ぎて行く土手の向こうの町灯りに目もくれず、ただ暗黒にうねる川面《かわも》に目を落とし、じっと何か考えている。

しばらく何も喋らずだんまりを決め込んでいたが、ポツンと訊いた。

「……横濱《よこはま》は遠いかい？」

「へい、新橋から横濱まではおよそ七里。てくてく歩きゃァ、わしの足じゃ半日とチヨイだがね。最近は乗合馬車ちゅうもんもあるし、来年には陸蒸気が走るそうで、それに乗りゃ、アッちゅう間に着いちまう」

「アッちゅう間って、どれくらい？」

「半刻（一時間）くらいかな……お客さん、横濱へ行きなさるんで？」

「横濱に寄りたい所がある。ヘボン先生って、まだ日本にいるんだよね？」

「へ、ヘボンせんせ？　聞いたことねえな……」

「アメリカ人の医者で、西洋の目薬を売ってるそうだ。『精キ水』とかいって、よく効くらしい。実は、京に兄がいるんだが、長く会わないうち失明したそうで、見舞いに持っていきたい」

「はあ、兄上の見舞いに京へ行きなさるか。いつお発《た》ちで？」

「分からない。もしかしたら発てないかもしれない」

「そりゃまたどうして？」

「路銀《ろぎん》がない」

「………」

「今日、ある人が持ってくるはずだったが、来なかったんだ」

その人は兄の配下でヤスダといい、ちょうど東京に来る用があったため、兄は一家の京までの路銀を、託したはずだった。

〝東京まで出て来さえすれば、後は全て自分が手配する〟と兄は手紙に書いてきて、家族の上洛を促したのである。

母子はその通りにし、兄が指定して来た『若松屋《わかまつや》』に宿泊した。するとすでに江戸に到着していたヤスダから、手紙が宿に届いていて、会う日にちと場所を指定してあった。

それがこの日で、場所は近くの『六天様』の境内だった。

(宿でなくてなぜ六天様？)

と疑問に思えばよかったのだ。だが東京は未だ動乱の街、宿で会うより人目につかぬ神社がいいのだろうと思った。

時間通りに門に着くと、浪人ふうの男が近寄って来て、ヤスダの使いと言った。山本三郎の名前を確かめると先に立って小道に入り、奥に向かった。だが途中の木立の陰から、やおら男が二、三人飛び出して来て、三郎に向かって網を広げたのである。

「何なんだあれは。魚じゃないんだ、生け捕りにされてたまるかい！」

腕に自信のある三郎は、即座に刀を抜いて網を切り裂いた。

それからは死に物狂いで逃げたが、その時、小道のすぐ先にある裏木戸から、誰かが覗いているのが目に入った。

饅頭笠《まんじゆうがさ》に股引半纏《ももひきはんてん》……どう見ても駕籠屋だろう。

連中は外に駕籠を待たせていた。初めから誘拐を計画していたのだと思うと、まるで悪い夢でも見てるようだった。

だが夢でない証拠に、路銀がフイになってしまった。

「これじゃ宿賃が払えない」

「宿はどちらで?」

『若松屋』だ」

「『若松屋』?……といえばどこぞの藩の定宿ではないか。

若松屋?……といえばどこぞの藩の定宿ではないか。

「お客さん、会津だね。念のため取締に届けた方がいい」

「たしかに私は会津だが、はるばる国を出て来たばかりだ。それ

にポリスだって、田舎者に関わってるほど暇じゃなかろう」

三郎は落ち込んだように弱音を吐いた。

だが一瞬竜太の胸を、あらぬ疑いがよぎった。

(これ、寸借詐欺の手口か?)

こんな純朴そうな若者が弱音を吐き、同情をそそるのが手かもしれぬ。

「そのヤスダてえ人が持ってた金は、どうなったんで?」

「それが分かりゃ苦労はない、これから宿に帰って考える」

「いや、お客さん、こういうことは早え方がいい。わしは竜太てえ船頭で、船宿はす

ぐ近くだ。ちっと寄っていかんかね」

「いや、帰る……」

三郎の目にも、こちらへの疑いが滲んでいた。都会人に、これ以上騙されるのが怖

いのだろう。それを見て、思わず竜太は意気込んだ。

「まあ東京は怖《こえ》え所だが、そう悪党ばかりじゃねえすよ。うちは名の通った船宿だし、元奉行所で働いてた者もおる。町の噂も結構入ェって来る。何か役に立てるかもしんねえよ」

元奉行所。それを聞いて三郎は内心、飛びついたらしい。

着いたばかりの事件で気が動転していたが、情報を仕入れ、何とかしたいのは山々だった。このまま宿に帰っても、草臥《くたび》れ果てた老母とその孫娘が待っているだけ。事件を打ち明けるだけで、気骨が折れる。

「有難う。じゃ、ちょっとだけ邪魔させてもらおうか」

二

「このお侍さんは旅のお方だが、えらく難儀していなさる。ちと聞いてやっておくんなせえ」

竜太は、一人の見知らぬ若者を篠屋に連れ帰って、台所に立つおかみのお簾にそう紹介した。

今夜の篠屋は久しぶりの宴会で、おかみまでが台所に出て手伝う忙しさだった。だが時分どきを過ぎた今、三味線の間遠の爪弾《つまび》きが、嵐の後を感じさせている。

「まあ旅のお方？　どちらから来られました？」

帳場に戻るところだったお簾は、機嫌良く問いかけた。すると若者は慌てたように、ぺこりと頭を下げた。

「それがし山本三郎と申し、会津から京に向かう途中であります」

長髪を後ろで束ねた朴訥《ぼくとつ》な風貌《ふうぼう》で、二十三、四だろうか。旅の途上のせいか顔は真っ黒に日焼けし、クルッとよく動く丸い目に愛嬌《あいきょう》があって、どこか人を惹きつけた。

簡単に六天社で襲われかけた話をすると、

「あらまあ、それはお難儀なことで。さあさ、あちらへどうぞ……」

とお簾は竜太とその連れを、快く帳場に招き入れた。

それでなくても客商売をしていれば、外から来る者には興味があった。上がり框で風呂敷を広げる薬売りも、呉服商も、店にいては分からぬ遠い外の世界を運んで来る。

そしてこの明治四年（一八七一）七月から、〝廃藩置県《はいはんちけん》〟なるものが実施されて、それまで当たり前だった藩が、無くなってしまったのだ。世間は一体どうなってるの？　藩境《はんざかい》には誰も見張りがいないのか？……等々、皆の不安は尽きなかった。

茶を出しに行った綾も、この旅人に興味しんしんだった。

竜太の説明によれば、この若者と知り合ったのは、夕暮れ時の新シ橋界隈という。その顚末《てんまつ》を聞いて、綾は感心した。

この若者は腹が据わっているのか、東北から東京入りしてまだ三日めというが、この大都会に物怖《ものお》じする気配がないように見える。だが緊張しているのか、何か話しかけても頷くだけであまり喋らない。

竜太が気にして、この帳場にいる篠屋の面々を紹介した。お簾と竜太と綾、それにいつの間にか事件好きの千吉が加わった。

綾は俯《うつむ》いて茶の準備をしながら、耳をそばだて、三郎の前ににじり出て茶を勧めながら、その全身に目を走らせていた。

最後に自分の番になった時、綾は訊きたいことではちきれそうだった。

「女中の綾と申します。あの、こんな時ですから、遠慮なく質問させていただいてよろしいですか？」

「はあ、何なりと……」

「なぜそんなお姿をしておいでです？」

ハッとしたように、三郎は背筋を伸ばした。

「まあ、綾さん、急に何をお言いだね」

とお簾が驚いたようにたしなめる。

「不躾《ぶしつけ》でしたらすみません。ただこんな事件の後ですから、何ごとも遠慮なく、はっきりさせた方がいいと思いまして……」

「あのう、手前のどこが変ですか？」

と三郎が珍しく慌てたようにおずおず問うた。

「いえ、大したことじゃないけど、ただ遠慮なく言わせていただきます……小袖の下のシャツ、わざと女物にしておいでですか？」

三郎は慌てて、小袖から出ている衿首に手を当てた。

洋シャツの立衿を小袖から出すのは、昨今の東京の流行だった。今のお洒落な若い男は大抵、そんな着方をしている。

だが和服に男女の差はないが、洋服の衿には男女の違いがあった。

男物ならシャツの衿は〝右前〟、女物は〝左前〟に。ところが三郎の衿は左前で、明らかに女物だ。殿方が、わざわざ窮屈な女物を身につけるのは、ちょっと変？　それとも外国では、そんなお洒落もあるのだろうか。

そう気付いて改めて見直すと、真っ黒に日焼けした顔は男にも女にも見え、その声も清朗《せいろう》で男とも女とも聞こえる。だがその雰囲気は柔らかく、このお方は〝女〟と、綾には感じられたのである。

それも大胆で新しもの好きの、今ふうの女に違いない。

「やっ、これは参った。衿で女と見破られるとは！」

綾の言いたいことを悟るや、三郎はあっけなく兜《かぶと》を脱いだ。

「私、この格好で国を出て来たんですよ。なぜって、か弱い女ばかりの三人旅ですから。母はもう五十過ぎだし、姪はまだ子ども。頼りは私一人なんで、自分で自分の用心棒になったんです」

「おやまあ、それは。ご不便はなかったんですか？」

お簾が驚いたように言った。

「いえ、子どものころから、男の子の格好ばかりしてたので」

「ほほほ、面白いお嬢さんだったのね。山本三郎というお名前は？」

「三郎は戦死した弟の名……私は山本八重《やえ》と申します」

「ほらほらほら！　そう来ましたか、どうも色っぽいと思ったよ！」

元下っ引の千吉が、同じくまんまと騙されていた竜太の肩を叩いて、笑い転げた。

この三郎が女性と分かり、座はがぜん盛り上がった。

だが真相を明かした当人は、鎧兜《よろい》を脱いだような涼しい顔で、

「本当は私、男でいる方が楽なんですよ。兄には、〝お前は花盗っ人《はなぬすと》だ〟って言われたことあるけど……」

「花盗っ人？　どういうこと？」

お簾が怪訝《けげん》そうに訊く。

「そう……女っていう自分の花を、自分で盗んでるってことかな」

「ふーん、面白いこと言いなさるのね。つまり縁遠くなるってことかしら」

皆は分かったような分からないような顔で笑い、それからは、千吉が下っ引の手腕を生かして次々と質問を繰り出し、半刻足らずで知りたいことをほぼ聞き出したのだ。

ちなみに千吉は、今年から、新聞記事の取材や下調べを始めていた。

昨年十二月、横濱で『横濱毎日新聞』が創刊され、篠屋の客の仮名垣魯文《かながきろぶん》が、記者として記事を書き始めた。その時千吉は、下調べをやらないかと持ちかけられ、こわごわ始めた取材がひどく面白かったのだ。

山本八重は、当年二十七歳。

会津藩の砲術指南役・山本権八《ごんぱち》の娘として、若松《わかまつ》城下に生まれ、裁縫などより、刀

や銃をいじるのが好きなお転婆娘《てんば》に育った。

八重が生まれた年、兄の覚馬《かくま》は十八歳。剛毅《ごうき》で喧嘩早い少年だったが、藩でも聞こえた秀才で、元服《げんぷく》するや寸暇《すんか》を惜しんで読書に耽《ふけ》った。

江戸詰めになると、心酔していた佐久間象山《さくましょうざん》や勝海舟《かつかいしゅう》を訪ねて蘭学や砲術を習い、会津に戻っては、藩校で砲術教授となる。

だが風雲急を告げる幕末、京都守護職を命じられた藩主松平容保《まつだいらかたもり》に従って、覚馬も上洛した。その四年後、鳥羽伏見《とばふしみ》の戦いが迫り、容保は軍を率いて大坂城《おおさかじょう》に入ったのである。

しかしこの時すでに覚馬は眼病を患っていて、鉄砲隊に従軍出来ず、西ノ洞院《にしのとういん》の洋学所で蘭学を教えていた。その地で戦の報を聞き、

「すぐにも容保公に拝謁《はいえつ》し、戦をお止めせねばならぬ」

と心騒がせて大坂城に向かった。だが藩の閣僚らは、反戦を説こうとする覚馬を拝謁させず、虚《むな》しく京に戻る途中、薩摩方《さつまがた》に捕らわれた。

そのことが国許には、捕縛されて処刑されたと伝わったのだろう。

弟の三郎もこの戦で負傷し、江戸まで運ばれて死去。会津戦争が始まった国許では、父権八が戦死。……と悲報相次ぎ、山本家には母、覚馬の妻、その娘、八重、と女だ

けが残された。

皆で死のうと言い合ったが、どうせなら戦って死のうと八重は思い、亡弟の衣類を身につけて男装し、スペンサー銃を手に、鶴ケ城《つるがじょう》に籠ったのだ。

落城した後、会津藩は北の果ての斗南《となみ》へ流され〝斗南藩〟となり、八重たちは会津城下に止まり、出稼ぎなどで糊口《ここう》をしのいだ。

それから四年めの今年の初め、たまたま会津に詰めていた薩摩兵の話から、一つの噂が八重の耳に入った。獄中にいた会津藩士・山本 某《なにがし》が、薩摩の西郷《さいごう》どんに才を認められ、拾われたと。

「こんな山深い会津からも、そんな英才が出るんじゃのう」

それを聞いた八重はあれこれ手を尽くし、処刑されたはずの兄覚馬が、京に生存していることを探り当てたのだ。

覚馬は獄中にいた時、失明の身で建白書《けんぱくしょ》を口述で筆記し、明治政府に提出したという。その斬新《ざんしん》な政策が西郷・大久保《おおくぼ》らの心を動かしたのだ。

獄を出された覚馬は、昨年から、京都府庁の顧問を務めているらしい。

半信半疑で兄の住まいに手紙を出すと、夢のような返事がきた。

「是非とも会いたい、ぜひ皆で上洛してほしい」

その手紙は、打ちのめされていた八重らを生き還らせた。さらに次のような文面が、八重に上洛の決意を固めさせたのだ。

〝こちらでの暮らしは、この兄が保証する。京都で今、製糸場や養蚕場《ようさんじょう》などの産業を起こし、西洋の技術を導入している。女子に任せたい部署が幾つもあるから、早く上洛して手伝ってほしい〟

〝ただ京までは路銀がかかる。売れる物は金に変え、足りなければ借金し、まず東京まで出て来てほしい。その先は自分が調達する〟

そんな手紙が何通か行き交って、会津藩の定宿『若松屋』に、ヤスダが届ける手はずが整ったのだった。

聴き終えた時、座はシンと静まっていた。この八重女の背後に絡んだ数奇な運命が、皆を沈黙させたのである。

三

「それにしても三郎……いえ、お八重さん、凄い体験をなすったねえ」

とお簾が沈黙を破り、大きな目を瞠《みは》って感嘆の声を上げた。

「道中も恙《つつが》なく、よくぞ東京まで出ておいででした」

「有難うございます」

　と八重は、礼儀正しく答えた。

「ただお八重さん……ああ、やっぱりこちらの名の方がぴったりだねえ。ま、それはともかく一つ二つ訊いてもよござんすか。兄上の覚馬様は、どうしてそこまで目を悪くなすったんです？」

「手紙で知る限り、何かの戦いで、銃弾が目を掠《かす》ったそうですよ。今までの砲術研修でも、少しずつ火薬が目に入ったかもしれません」

「目は傷めていても、覚馬様は、薩摩の牢獄から出られた珍しいお方、なぜご家族を探し、無事を知らせなかったのかしら？」

「……探したと思いますよ」

　少し考えて八重は言った。

「でもそのころ、会津はメチャクチャでした。お城も城下も炎上して、誰がどうなったやら。父も弟も死んだし、私も白虎隊《びゃっこたい》と一緒に自刃《じじん》したと言われました。たぶん兄も、一家全滅を聞かされたのでしょう」

　お簾は大きく頷いて、異国人を見るようにまじまじと八重を見た。

そんな話を綾は、茶の盆を膝に置いたまま、入り口近くで聞いていた。

〝兄を失う〟という点で八重は似た境遇にあったのだ。

だがその生存が明らかになり、今は再会を果たすため上洛の途にあるとは、何て幸せなお人！　兄上が病む身となっても、生きて会えるのだから。

だが我が兄幸太郎《こうたろう》はまだ見つからず、可能性は遠ざかりつつある。

その落差に、八重を心から羨《うらや》んでいたのである。

「しかし、使いのヤスダはどうなったんだろう」

と、それまで腕組みして黙り込んでいた竜太が口を開いた。

「可能性としちゃ、二通り考えられるな」

と千吉が答えた。

「一つは、お宝を持ってることが知られ、何者かに途中で奪われた……。二つめは本人が裏切った」

「いえ、その二つめはありません。お宝はそれほどの額じゃない」

「お八重さんが言うなら、そうに違いねえ。やっぱり賊に奪われたか」

千吉は頷いて、少し言いにくそうに問うた。

「しかし、ただの行きずりの賊が、八重さんに誘拐まがいのことまでするかどうか。そこまでするのは言ってしまえば、山本家を知る者か、会津に関わりのある者の仕業……何か心当たりはねえすか？」

というのも最近、元会津藩士の政府転覆《てんぷく》の暴動が多かったからだ。

「心当たりはないし、思い出したくもない」

八重は激しく首を振ったが、何か胸につかえるのか、

「ただ、会津の者が、新政府に恨みを抱いたとしても、責められないと思います。あの戦争で、朝敵《ちょうてき》の汚名を一身に引き受けたんですから……」

と声を震わせ、声を途切らせた。

座が固まった時、綾が言った。

「ただ八重さんは、そんな会津を出ることになって、逆に羨まれたり、恨《うら》まれたりはしませんでしたか？」

「それはない」

その言葉がまた、琴線《きんせん》に触れたのか、八重は急に男言葉で言い返した。

「絶対にない。私たち、なけなしの着物を売り、刀を売り、借金もして、路銀の一部を作ったんです。父と弟の命だって差し出した。供の者も連れられなかったから、私

が用心棒になったんです。こんな掛け値無しの貧乏人を、誰が羨やんだりするもんですか」

「御意《ぎょい》! むしろよくぞここまで来なすったと思う」

と千吉がすかさず合いの手を入れ、煮詰まった空気を和らげた。

「ただ、八重さんを襲ったのは、やっぱり会津に関わりある者とおいらは睨んでるんだが……」

「何故?」

「もし金を奪うのが目的なら、ヤスダを斬って、金を奪えば終わりだろ。わざわざ八重さんを呼び出し、生け捕りにしようとしたのは何故なのか。そこが、この事件のキモだと思う。つまり八重さんを人質にし、誰かを脅して金を奪おうと企《たくら》んだ……そうじゃねえすか?」

八重は黙っていた。

(この人もそう思ってるけど、ただ認めたくないのでは)

とそばで見ていて綾は思った。

「いや、どうも最近そんな話が多くてね」

と千吉は言い訳し、肩凝りをほぐすように、肩をすくめた。

「御一新からもう四年……。だが東京はまだ百鬼夜行《ひやっきやこう》の無法の都だ」

「……そういえば、長州《ちょうしゅう》の広沢《ひろさわ》参議の暗殺事件、どうなったの」

お簾が言った。

東京府下はしばらく、その事件で沸いていた。参議広沢真臣《さねおみ》は麴町《こうじまち》富士見町《ふじみちょう》の自邸で、妾女と同衾中に刺客《しかく》に襲われたが、事件は謎だらけで半年以上たつ今も下手人が挙がっていない。

「あの参議は、雲井龍雄《くもいたつお》様と親しかったお方でしょ？　雲井様は死刑で、参議は暗殺……恐ろしくて寿命が縮んじゃうよね」

お簾の言葉に、いつの間にか帳場に集まっていた船頭らが、顔を見合わせて頷いた。

富士見町は江戸城のお膝元にあり、昔は富士山が見えたという風光明媚《ふうこうめいび》なお屋敷町。広沢邸と同じ長州の木戸孝允《きどたかよし》邸は、塀を挟んで隣り合っている。そんなど真ん中で事件は起こった。

当夜は広沢邸で宴会があって、酒を過ごした参議は夜更けて寝室に引き取り、愛妾おかねと床に入った。その二人が寝込んだ時を見計らって刺客が踏み込んだのである。

御一新の十傑《じゅっけつ》に数えられる広沢は文武に秀《ひい》で、槍術の遣い手だったという。だが熟睡中とあり、全身に十三箇所、喉に三箇所と、壮絶な乱刃を受けて、三十九年の生涯を閉じたのである。

おかねは二十一になる美女で、軽傷だったが、唯一の目撃者として弾正台《だんじょうだい》の訊問《じんもん》を受けるも、その供述はあやふやだった。厳しい追及が進むうち、広沢家の家令との密通が発覚。事件は浮気による痴情《ちじょう》がらみの犯行か、と東京の人々は熱狂した。

当局の調べは苛烈《かれつ》を極め、捜査線上に上がった者は数百名、検挙者は八十数名。だが下手人は未だ不明で、迷宮入りの様相だった。

「いやはやこの東京に、これほど多くの怪しい輩《やから》が隠れ潜《ひそ》んでるとはね！」

と千吉は苦笑した。

「ただ、真っ先にしょっ引かれたのが、雲井龍雄の残党だった」

雲井を尊敬していた千吉は、声に力がこもる。

元米沢《よねざわ》藩士の雲井は昨年の暮れ、〝政府転覆〟を謀った首謀者として、二十七歳で斬首され、首を小塚原刑場《こづかっぱらけいじょう》に晒された。

それが十二月二十六日のこと。広沢事件が起こったのは、明けて明治四年一月九日。わずか十二日後である。

雲井と広沢は互いに一目置く盟友で、広沢は参議の立場にありながら、雲井を擁護し続けてきたのである。

だがその雲井もついに捕縛され、刑場へ送られた。すると残党は、

「参議は雲井を見殺しにした」

「参議は保身のため、政府に雲井を売った」

と恨み、広沢を一時つけ狙ったともいわれる。

だが当局の追及の結果、雲井残党はシロだったのだ。

四

「……てえわけで親玉を失った雲井残党は、もはや消滅だ。しかし未だ成仏してねえのが会津残党だ」

千吉は茶を啜《すす》って、おもむろに言う。

会津藩は、藩ごと流罪《るざい》の刑に処せられて、陸奥《むつ》北端の斗南に追われていたが、七月の廃藩置県で斗南藩も消滅した。地獄から解放されて多くは会津に帰ったが、帰る地もない人々は東京に流れたという。

「今も天誅《てんちゅう》と称し、押し込みや誘拐に走る壮士《そうし》は絶えないが、最近は元会津藩士が最も多いという」

座はまた静かになった。

「そこで八重さんに訊きたいんだが、高槻屋《たかつきや》って知ってる?」

高槻屋は、この秋口に妾と寝てるところを押し込みに襲われ、〝まるで広沢事件の再来〟と騒がれた富商である。

槍の達人というのも似ているが、こちらは槍を取って応戦し、撃退したことでも話題となった。

「その高槻屋主人が、元会津藩士だそうでね」

「高槻屋……。ええ、会津では名前は知られてるみたいだけど、何屋さんでしたっけ」

「両替商と金貸しで儲け、本所《ほんじょ》に大店を張っている。この不景気な時に羽振りがいいんで、目をつけられたらしい。だが、枕元の槍を取って撃退したというから、さすが腐っても武士……」

しかし賊どもが襲ったのは、ただの金目当てではないらしく、残党を集めて何か企んでいると警戒されている。

「……というと、やっぱり新政府転覆?」

と八重が声をひそめる。

「そう、高槻屋に、〝御用金〟まがいの金を請求したに違いねえ」

八重は、何か思い出すように首を傾げて、黙っている。

その時、客が帰るらしく玄関が賑やかになり、お簾が立ち上がって出て行った。

「そうか、会津じゃ、高槻屋の羽振りの良さは、あまり知られてねえのか。であれば兄上が新政府に迎えられたことも、お国じゃ知られてねえのかな」

と千吉は腕を組んだ。

「ええ、私も今年になって知ったんだから。ただ兄は昔から、二股膏薬《ふたまたこうやく》と評判が悪かったんですよ。戦嫌いのくせに砲術家で、薩長《さっちょう》びいきで……。悪口ばかり言われて、妹の私は肩身が狭かったんです」

と八重は冗談めかして肩をすくめ、

「でも、褒められたこともある。あんにゃ（兄）は外国かぶれの薩長びいきだけんど、妹はそれを真似しねえのがえれえと。でも私は、外国も薩長も知らないんですもの」

と福島《ふくしま》弁で一同を笑わせた時、お簾が戻って来た。

「お八重さん、あたしさっきから気になってるんだけど、旅籠に帰らなくていいんですか？　お母様が心配しておいでと思うけど」

「あらあら、ほんと、お話が面白くてつい……」

八重は目を瞠って舌を出した。

「でも母は私を男の子と思ってるから、あまり心配してないでしょ」

また笑い声が上がった時、磯次の声がした。

「よし、今夜はここまでだ。後は明日にしよう」

仕事が上がったらしく、いつの間にか襖の向こうで聞いていたのだ。

「合点《がってん》です。八重さんよ、少し待っておくれよ。おいらは明日、あちこち聞いて回って、帰りにそちらへ寄るよ」

と千吉は旅籠の方角を指さし、連絡するそぶりを見せた。

「八重さんは、この磯次が旅籠まで送っていくから、賊の心配はねえ。皆は部署に戻ってやることをやれ」

磯次の号令一下で、みな散った。

お簾と共に桟橋まで出て二人を送った綾は、先ほどの八重のやりとりが、頭を離れなかった。

会津に珍しい開明派《かいめいは》の兄覚馬は、敵方の薩長政府に認められ、今は一家を呼び寄せるほどの立場にある。

そのことで八重は、周囲の視線が気になり、本当は肩身が狭いのではなかろうか。

その視線に、嫉妬と憎しみが混じってはいないか。

神社で暴漢に襲われかかった時、その理由に、周囲の自分らへの憎しみを重ねたのでは……？　自分ら兄妹は、会津の裏切り者として、襲われる理由が、無きにしも非《あら》ずなのだ。

あの賢い八重のこと、胸の内は複雑だろうと。八重はもしかしたら暴漢の正体すら、想像していたかもしれないのだ。

舟が遠ざかると、これまで考えもしなかった東京の夜の暗さに、ふと気付いた。この時間に川を上り下りする舟の灯火も少なく、この界隈では、維新と共に火を落とした店も少なくなかった。

気のせいか、江戸よりも〝東京〟の方が暗いと思えた。覚馬様は京におられるが、我が兄上は、いずこにおいでか。そんな思いで綾はそこに佇んで、暗い夜空を眺めていた。

翌日の昼前、千吉が鳥越橋《とりごえばし》の富五郎の妾宅を訪ねると、主人は朝昼兼用の食事中だった。

大店の周辺を嗅ぎまわる時は、千吉は主人にあらかじめ報告することにしており、それは二人の暗黙の了解だった。

富五郎は膳の焼きアジの干物からうまく骨を外せず、面倒そうに手摑みで取ってかぶりついて、おもむろに言った。

「で、今日の話は何だ？」

「実は本所の高槻屋のことですが」

千吉は、昨夜会った会津人山本八重について報告し、その同郷という高槻屋左衛門《さえもん》について、訊ねたのである。

「ああ、押し込み事件に遭ったという、例の高槻屋か。あいにく付き合いはねえが、会津の出身のようだな」

「はい。どうも八重さん襲撃事件じゃ、会津残党がきな臭いんですよ、ダメモトでこれから本所まで行って、周辺を探ってみようかと……」

「いや、やめとけ。高槻屋は店にはいねえ。噂じゃ、しょっ引かれてるらしい」

「そりゃまたどうして？」

「今のお上《かみ》のやることたァ、分からねえ。何でも力ずくでやりゃいいって手合いばかりだからな。ただ高槻屋は、留置されて、もうかれこれ二十日になるが、誰も知らねえんだよ」

「旦那様はどうして知りなすったんで？」

「ふむ、これから聞いたんだ」

とそばで給仕をしている愛妾のお路《みち》を、顎でしゃくった。

「まあ、あたしは何も……」

とゆっくり微笑むお路の美しさに、千吉は思わず見とれた。

「高槻屋様は、前にお座敷に見えたことがござんして、ほんの少し存じ上げているだけ……。ただあの方をよく知るお客様が、うちにお稽古に来てる妓《こ》と親しいもんだから」

お路は富五郎に身請けされる前は、日本橋で芸妓をしており、今はこの家で三味線を教えているのだった。

「へえ、高槻屋とはどんなお人なんで？」

「そうねえ、眉がはねて顎髭《は》を生やして、商人というより武士のお顔ね。あの方からお金を借りたらちょっと怖いみたいな……」

とお路はくすくす笑って肩をすくめた。

「で、留置されたのは、一体何の嫌疑です？」

「そんなこたァ分からん。何せ本人は隠してるからな」

と富五郎が引き受けて、味噌汁の椀を置いた。

「それにしてもその八重さんとやら、旅の途中で心細かろう。調べは急がんといかんぞ」

と紙に包んだ小遣いを渡してくれた。

五

翌日、八重は少し寝坊した。母たちと昼食を終えてから、おもむろに男装し、いつものように腰に刀をさして部屋を出た。

「何か分かるまで、人けのない所へ行っちゃいかん。大人しく町見物でもしていなせえ。千吉は目端が利く男だから、何か調べて来まっさ」

と一昨夜送ってくれた磯次に、冗談混じりに言われたばかりだ。もちろん逆らう気はないが、じっと宿にいる八重ではない。

この大都会に、少しなりとも挑んでみたい気がある。かけらでも何かを摑んで、京の兄の元へ行きたかった。

『若松屋』の帳場は、表玄関のそばの座敷にある。そこに座っていたでっぷりして肉づきのいい主人が、八重の姿を見ると、すぐ上がり框まで出て来て頭を下げた。

「これは山本様、どちらへお出かけでございますか」

「築地《つきじ》の釆女《うねめ》が原《はら》に、〃こうしょうかん〃という旅籠が、あるそうだ。その辺りにちと知り合いがいるんでね。西本願寺《にしほんがんじ》の近くというが、知らんか？」

「こうしょうかん……」

主人は一瞬考えるように、細い目を宙に浮かした。

「といいますと、どんな字になりますか？」

「さあ、それがどうも……」

八重は懐からその紙片を取り出した。故郷を発つ前に、ある女性から渡されたもので、そのギクシャクした金釘流《かなくぎりゅう》のひらがなを見るだけで、あの時のことがありありと目に浮かぶ。

八重たちが会津を出る前日、どこで聞きつけたか、以前親しくしていたお倉《くら》という老女が、疎開先の陋屋《ろうおく》まで駆けつけて来たのだ。

「あんにゃが見づかったんだって？」

と覚馬のことを訊かれ、母も八重も多くは語らず、〃京で失明し、何とか塾を開いているというので、介護のために行く〃とだけ伝えた。

山深い会津は何につけ保守的で、藩の長老の多くは刀や槍の威力を信じ、大砲や銃の導入を主張する覚馬を排し続けた。

〝西欧の文明におもねり伝統を蔑《ないがし》ろにする不敬者《ふけいもの》〟として、一年近い謹慎処分を受けたこともある。そんな憎まれ者の覚馬が、今は敵政府に協力し重用《ちょうよう》されていると は、誰にも言えないことだ。

「目ェ失っても、生ぎでて良がった、めでてえごとだ」

とお倉婆さんはひとしきり涙にくれた。

「けんども、あんたらともこれが最後だべなあ」

その言葉に八重たちも涙した。京の都は地の果てほど遠く、無事に着いたとしても、二度とこの地に戻ることはないだろう。

幼いころから尊敬してきた兄を、八重は今も信じている。たとえいま〝敵方〟にいるとしても、それは裏切りではない。兄には、敵も味方もなく、初めから信じる道を進んでいるだけなのだ。

話すだけ話すとお倉は急に改まり、小さな包みを差し出した。

「東京さ着いたら、倅の喜平《きへい》さ、これ渡してくんちぇ」

「えっ、喜平さん、東京にいるんですか？」

まるで雲を摑むような話に、さすがの八重も絶句した。

喜平は兄覚馬より三つ四つ下だから、そろそろ四十近いはず。

お倉は藩の足軽だった夫に早く先立たれ、干し野菜や干し果物を作っては、路上で売った。そのうち同じ足軽の喜平も手伝い始め、籠を背負って遠方に行商に出るようになった。

だが会津に戦火が迫るころ、いつもの姿で行商に出て行き、帰って来なかった。すると巷《ちまた》に妙な噂が流れた。

「喜平は行商人に身をやつして脱藩し、江戸で志士になった」

一昨夜、篠屋で会津藩士の話を聞いた時、これまで思い出しもしなかったその噂が、不意に思い浮かんだのである。

喜平は今どうしているかと、急に気になった。

兄の同志であろうヤスダが、もし何者かに襲われたなら、覚馬の手下だからだろう。下手人は会津残党ではないか？　千吉に言われる前から、そう八重は疑っていたのだ。

喜平が今どんな境遇にいるか不明だが、脱藩者として藩から追われている身。会津残党の動きは、把握しているのではなかろうか。

そう考えたら、気の重かった喜平探しに、急に弾みがついた。

大方の居場所は、お倉から教わっている。

「〝こうしょうかん〟ちゅう宿から手紙が来てたで、ここさ行けば何か分かる。けんどもし会えねがったら、これは路銀の足しにしてけれ。おらはもうなんもいらねえさ」

包みの中は四、五枚の小判と思われ、お倉が爪に火を灯して貯めたものに違いない。八重はとても断れず、住まいと名前を書いた紙を受け取った。その文字はすべて金釘流のひらがなで書かれていた。

「〝こうしょうかん〟は見つかりませんが、大体の場所はここです」

耳元でそんな若松屋主人の太い声がし、我に返った。

主人は、番頭に奥から持って来させた地図を広げて、太い人差し指でなぞりながら道順を教えてくれたのである。

この馬喰町通りをまっすぐ西に進むと、堀端に出る……。そこから堀に沿って数寄屋橋《すきやばし》まで南下し……、橋の前で左へ折れ、まっすぐ海側へ進むと〝采女が原馬場〟に出ると。

その周囲には歓楽街が取り巻いていて、周辺は旧幕時代から、一大盛り場だったらしい。見世物小屋や、葦簀掛《よしずが》けの芝居小屋、水茶屋、旅籠、呑み屋などで賑わい、香具師《やし》や大道芸人や浪人者が多く集まった。

だが夜ともなれば界隈は深い闇に包まれ、筵《むしろ》を抱えた夜鷹《よたか》が、どこからともなく出没する土地という。

「もっとも今は、新政府の取締まりが厳しくなって、ただの町外れの盛り場ですよ。しかし、もしよかったら、案内人をつけましょうか」

と主人は言ってくれた。

「いや、行くかどうか分からないし、行ってもすぐ引き上げるから」

「まあ、お気を付けて。道に迷ったら、すぐ引き上げてください」

八重は大まかの道順を頭に刻み、礼を言って、冬の陽射しの溢れる市街へと歩き出した。

背後に刺さる若松屋の視線が気になった。あの主人はどうやらこわい物知らずの自分を案じて、それなりの配慮をしているようだが、もし例の事件が解決しなければ、宿賃はこの人に相談するしかないのだ。

だがこちらが頼らない限り、主人は肉厚な顔の細い目でじっと見ているだけで、積極的に関わらないだろう。

その点……、とあの船宿の人々の親切さが身に沁みた。あの綾さんには男装を見破られヒヤリとしたが、もしかしたらあの人も、自分と同じ〝訳あり〟なのかもしれないと思った。

この馬喰町通りは、土埃を上げて走り抜けて行く騎馬や、駕籠や、行き交う旅人で今日も荒々しい活気があった。

ただどこからか、馴染みのあるいい香りが漂っている。それが金木犀《きんもくせい》だと知って、けばだった気持ちが和んだ。この大都会にも秋が来る、そしてそのことを、あの花が告げているのである。

ながらく会ったことのない同郷人の消息を思うと、さらに胸が熱くなり、何とか会いたい気がした。

少しばかり迷いつつも地図通りに進み、一刻足らずで釆女が原馬場に出た。なるほど宿の主人から教えられた通り、それを取り巻くように繁華街が続いていて人通りも多く、活気もあった。

八重は通りを行く人を摑まえ、店先に立ち寄り、また露店の覆いに顔を突っ込んでは、〝こうしょうかん〟を訊ね回った。

だが答えられる者はなく、何人めかに出会った男がやっと頷いた。

空き地に小さな焚《た》き火をし、煙の匂いが漂う中にしゃがんで、煙管《きせる》を吸いつけている男。その身なりからして大工の棟梁《とうりょう》というところか。

「こうしょうかん……？　ああ、ありゃア焼けちまったよ、一昨年かな。確か放火と聞いたがな」

とあっさり言った。

「わしは流れの大工でな、何度か泊まったことがある。ただ賄いがつかねえから、宿屋てえより共同宿泊所だ」

そのころは出稼ぎの人夫や行商人や、流れの職人などが多かったという。だが御一新の後は、不平士族や反政府の残党の溜まり場となってしまい、お上の手入れを受けた。

その時、宿泊者の誰かが火を放って逃げたのだという。

「人探しかね。訊いても分からんだろうが、誰を探していなさる？」

「よくここに泊まっていた、相馬《そうま》喜平という会津の商人です。年のころは四十がらみで、顔の細い人……」

「行商人のソーマキヘイ」

男は遠くを見て、黙って莨《たばこ》の煙を吐き出した。

「……そんな名を聞いたような気もするが、知らんな」

八重が焼け跡の場所を訊くと、そちらに通じる路地を教えてくれた。

礼を言ってそこを離れ、人混みの中に混じる。

ごみごみした裏路地を抜けると片側に川があり、片側が低い丘陵になっている道に出た。その丘陵には丈高い草が生い茂っていて、道には数日前に降った大雨の水溜まりが、あちこちに残っていた。

遠くにはこんもりとした森が見えていて、祭りでもあるのか、風に乗って太鼓の音が聞こえてくる。あの辺りが築地の本願寺だろう。

ちょうど道を辿って来た商人らしい男に、『こうしょうかん』跡を訊ねると、振り返って黙って背後を指で指した。

礼を言ってすれ違い、少し先に進むと、右手に黒々とした焼け跡が広がっている。延焼したまま放置され、まだ何の整理もされず、草むらに残骸が積み上げられている。崩れた石垣の大きな石が、ゴロリと道に転がったままである。

八重はそこに佇んで、どこまでも続く原っぱに残された残骸を眺めていた。喜平の手がかりは得られなかったが、この場にたしかに、『こうしょうかん』と名のつく建物があったのだ。

喜平はいつか、ここに滞在していたのだ。

この日は本願寺で祭があるためか、淋しげなこの道に、思いのほか人の往来があった。今も鳥追い笠を被って三味線を下げた門付《かどづけ》の女が二人、本願寺方向へ向かっていく。

八重は道を譲り、なおしばし佇んだ。

喜平とは年が離れていたせいか、思い出はほとんどない。ただ幼いころ、たわわに実ったサクランボを取ろうとして木に登り、地上に落ちたことがある。その時、喜平が、背負って医者に運んでくれた。

長じてから籠を背負って出かける喜平に出会うと、ふとそのことを思い出したものだ。

太鼓の音に誘われ、ふらふらと本願寺の方へ行ってみたくなった。

だがちょうど本願寺から帰ってくるらしい、子連れの母子がいた。

ほらもう夕暮れじゃ、早く帰らんと……という母親の声がふと心に沁み、八重はその後について、帰途につくことにする。

明日また出直せばいい、明日はこの界隈を歩いてみようと思った。

六

千吉が妾宅を出る時、富五郎は粋な植え込みのある庭先まで送って来て、耳元で二、三のことを囁いた。

(お路には内緒だがね、ちょっと面白いだろ)

言われたその内容を考えながら、千吉は日が高く暖かい冬の日が溢れる中を、まずは数寄屋橋の方に向かった。

幸橋《さいわいばし》門内にある府庁舎の司法省警保寮には、元同心で維新後は士族になった藤枝《ふじえだ》右近《うこん》が、官吏《かんり》として執務している。

表向き書類を扱う文官だったが、最近はもっぱら下手人を捕らえる現場のことや、捕物《とりもの》を仕掛ける手順やワザを、後輩に伝授する立場になっているらしい。

幕府が二百六十年の治世で培った遺産を、薩長政府にそっくり譲渡しているのは口惜しい、といつか本人から聞いたことがある。だが旧奉行所の同僚が言うほど、屈辱とも思わないと。

世の中そんなものだろう、と千吉も思う。

この〝右近の旦那〟とは昔から相性が良く、話していると上下関係を忘れてしまう。奉行所がなくなった今、何か知りたければここに来て聞き出し、耳寄りの話があればここに来て伝え、多少の小遣いをせしめるのだ。

この日、受付で右近を呼び出すと、少し待つうちに当人が階段の上に現れた。髷がよく似合ったこの上司は、ものの考えは開明派だが、今ふうの文明開化の流行を嫌っていた。装いも羽織に仙台平《せんだいひら》の袴という出で立ちで、さすがに髷は切ってざんぎり頭にし、履物は歩きやすい洋靴で、それなりに決めているところが右近らしい。

千吉を見ると顎でしゃくって、階段を上がれと合図した。

右近の執務室は二階の奥にあるが、階段を上がってすぐの空間に椅子と円卓が並び、すでに先客が、煙草を燻らせて話し込んでいる。

その一角に席を決め腰を下ろすと、千吉はさっそく、高槻屋が留置されているかどうか確かめた。

「え、高槻屋左衛門だって？　そんなこと訊いてどうする」

右近は心なし警戒気味に頬を引き締め、腕組みをした。

「……何かありますか？」

目ざとく気配を察して千吉は、聞き返す。

「つまり、お前さんが新聞記事に書くなら、返答拒否《ノーコメント》だ」

「いや、今日は取材じゃねェんで」

千吉は、会津から出てきたばかりで強盗に遭ったという、男装の麗人《れいじん》のことを話した。すると右近は興味を引かれたらしい。

「会津から出てきて、強盗に襲われたと？　ほう、その麗人は何のため出府《しゅっぷ》してきたんだ？」

「京にいる兄の元へ行く途中だったようで」

兄は山本覚馬といい、会津藩の砲術家で、今は京都府の顧問をしているが、失明したため介護のために行く……と事情を手短に説明する。

「ほうほう、会津の砲術家が、京都のねえ。それが本当なら、麗人はすごい兄貴を持ったもんだな」

と右近は首を傾げたり、頷いたりした。

「うむ、たしかに高槻屋は留置しておるがね。だがその八重女を襲った強盗と、左衛門の関係は？」

「それは分からんすよ。けど、八重女を生け捕りにしようとしたところが、引っ掛かる。賊は兄の覚馬を知っているはずでは？　もし賊が会津人であれば、兄から身代金を奪おうと企んだろうし……」

「うむ。いま当局が力を入れてるのは残党狩りだ。御一新であぶれた不遇の士族の中で、もっとも危ねえのが会津残党さ。連中はやたら金を欲しがって強盗を繰り返し、金と人を集めているらしい」

「しかし、高槻屋はそんな賊の被害者でしょ。何故しょっ引かれたんで？」

「ふふん、いい質問だ。新政府の上層部には、高槻屋を黒幕とする説があるのを知ってるかい？」

「黒幕って……広沢暗殺事件の？」

「これこそ他言無用、新聞に書かれちゃ困るんだが……」

　と右近は周囲をチラと見回し声をひそめた。

「正確に言えば、〝あの御仁《ごじん》を黒幕にして広沢事件に幕引きしよう〟という説だ」

「てえと？」

「左衛門て人には、いろんな噂があるんだな。会津の脱藩浪人を援助したとか、要人暗殺のため軍資金を供与したとか……。当人は黙秘しているが、どうも挙動不審で信用ならねえ御仁だ」

「しかしそんな援助で、高槻屋に何の得があるんで？」

「そりゃ、損か得かは当人の心の問題よ。あの御仁は脱藩者らしいから、会津人として人には言えぬ思いもあろう。ただあの富豪が、御一新の前後に、不平士族や脱藩者らを支援してきたとあれば、反明治政府の旗頭《はたがしら》と勘ぐられても仕方あるまい」

「はあ……」

「あれが……あの広沢事件が、ただの情痴事件なんぞであるわけない。考えてみろ、参議は十六箇所もの傷を受け、徹底的に息の根を止められたんだ。何としても口を封じたい、強い殺意が読めるじゃないか。あれは、広沢参議に弱みを握られてる者による、口封じの犯行だ。親玉が誰か、およその想像はつくがね」

広沢が襲われた日の夜中、長州に帰っていた同じ派の参議もまた、不審な物音で廊下に出て狙撃され、危うく難を逃れたという。

「広沢一派を粛清《しゆくせい》しようとする動きは、やはりあったんだ」

「しかし、高槻屋がその下手人に仕立てられるとは……?」

「黒幕に仕立てるには、適材かもしれん。そこそこ悪い奴で才覚もあり、腕も立つ。といって芯から腐ってるわけでなく、温情をかけたり、妙な忠義立てをしたりもする。追及されて黙秘を続ければ、拷問して何とか吐かせ、処刑して幕引きにする」

「おっそろしいや。で、その残党狩りはいつからで?」

「とうに始まってる。ポリスが街のあちこちに潜んでるんだ、だが勘付かれぬよう変装して動いてる」

ふーんと千吉は思った。どうやら複雑な思惑が、この事件を取り巻いているようだが、自分にはよく分からない。

「ところで手前が今日、お耳に入れてえのは……」

と千吉は富五郎から聞いたばかりの話を、早速伝えた。耳に入った情報をすぐ伝えるのは、下っ引時代からの小遣い銭稼ぎである。

佐衛門は本所の本宅を襲われてから、女房と息子を橋場《はしば》の別宅に避難させた。本人は本宅にいたが、近くに妾宅を構え、紫乃《しの》という美貌の元芸妓を住まわせて、夜はもっぱらそちらに泊まっていたという。

売れっ妓だった柳橋時代、紫乃はお路とも面識があり、今もその噂話を聞くことがある。その華やかな美貌で、幕府高官や薩長方の志士らからよく声をかけられたという。

……。

佐衛門に身請けされた今は、一介《いっかい》の囲い者として、地味に慎ましく暮らしているという。

だが富五郎は、囁くようにこう言った。

「お路の話じゃ、高槻屋を巡るポリスの調べは、この女には及んでねえらしい。だがお前さんの話を聞いて、ちょっと閃《ひらめ》いた。この紫乃という女、現役時代は、会津藩士とねんごろだったらしいぞ」

千吉は右近にその話を伝え、

「うちの旦那が言ってましたぜ。今のポリスは、旧奉行所より、ずっと捕物が下手だってね」

すると右近は渋く笑い、懐からおひねりを出して渡した。

「旦那によろしく言ってくれ。今度また寄らしてもらうとね」

千吉はニコリとして右近と別れ、機嫌よく本所に向かった。

気分のいい時の癖で、懐から平たい小石を取り出して握り具合を確かめ、飛ばす姿勢を想像しながら歩く。

その後は、本所に住む元下っ引を久しぶりに誘い、行きつけの飲み屋に誘って呑んだのだった。

七

背後から誰かがつけてくる。

八重がそう感じたのは、翌日改めて宿を出て、再び采女が原の盛り場に入ってからである。

昨日とはまた別の店で聞き込みをしながら、ゆっくり歩いていた矢先のこと。それとなく背後を窺いながら、大通りから怪しげな路地へと入った。

相手は二人か……？

まだ時間が早いため、静かな路地を抜けると、昨日も来たあの人けのない裏通りに出た。あちこちにあった水溜まりは消え、今はぬかるみとなって残っている。

『こうしょうかん』の焼け跡までゆっくり歩き、どこまでも続く原っぱの残骸を眺めて佇んでいると、背後から太い声がした。

「さっきから人を探してたのは、おぬしか？」

おもむろに振り返ると、背の高い中年男が立っていた。

まだ髷を残し、筒袖の小袖に胴着、腰に刀という出で立ちは、武術道場ぐらいのものか。八重を見つめる眼差しは鋭かった。

その背後にいる若侍もざんぎり頭ではなく、かっちりと髷を結っていて、腰には刀を差し、転がっている石に座っていた。

「はあ、そうですが、何か？」

問いかけるように八重は言った。

「わしらは、そこの八丁堀《はっちょうぼり》の道場の者だ。最近は物騒なことが多いんで、町衆に頼まれ町の見回りを続けておる。どうやらおぬし、相馬喜平という者を探してるらしいな」

「えっ、ご存じですか？」

と声を弾ませると、男は頷いて背後を振り返った。

「木島《きじま》、お前から説明してやれ」

「おう、喜平どのとは『こうしょうかん』時代からの知り合いで、今もたまに会ってはいる」

と木島と呼ばれた男は立ち上がって、思いがけないことを言った。

「今は火事の時に足を痛めて、この奥の民家に部屋を借りてるんですよ」

「場所を教えてもらえますか」

「ああ、これから案内してもいいが……その前に、喜平を探す理由を聞かしてほしい。別にどうって訳じゃねえが、喜平にも事情があって、会っちゃ危ねえ相手もいるようだ」

「その点はご安心を。喜平どのとは同じ町で、近所付き合いの間柄。国を出る時、喜平どのの母上から預かった物があるんです。それを渡しかたがた元気な顔を見て、無事を母上に伝えたい」

相手が頷くのを見て、八重はホッとした。

「じゃ、いいかな。木島、案内してやれ」

中年男は会釈して戻りかけ、ふと足を止めて言った。

「もう一つ念のためだ、腰のものも預からしてもらえ」

木島がつかつかと歩み寄って、手を差し出した。

八重は黙って刀を腰から外し、そのまま渡すかに見せた。だが伸ばした手で、いきなり相手の右手を取ってねじ上げたのである。

「いててッ……」

突然のことに木島は悲鳴を上げ、よろめいた。

「何をする、案内されたくねえのか！」

「刀を取り上げられるのは、物騒至極《ぶっそうしごく》、案内はいらんです。自分で探すからほっといてください」

と言い放ち、八重はさっさと歩き始めた。

実は、八重がそんな思い切った態度に出たのは、別の理由があったからだ。この木島がそばに近寄ってきた時、微風に乗って、微かな髪油の匂いが鼻先を掠めた。とたんにハッとし、鳥肌が立った。

あの六天様の境内を通っていて、突然木立の陰から飛び出してきた男が、こんな匂いを漂わせていなかったか。

もしやあの時の覆面の男は、この木島ではなかったか？

それはただのカンだが、先を急ぐあまり、無造作に通り抜けて来た町々が急に思い浮かんだ。自分はずっと尾《つ》けられていたのか？　それも宿を出た時から。いや、昨日もずっと誰かに尾行されていたのだ。

そう思うと自分の迂闊《うかつ》さに背筋が凍った。やはりこの東京は怖い。連中は自分を見張っていて、虎視眈々と機会を狙っていたのだ。もしこんな足場の悪い所でまた網をかけられたら、逃げられようか。

一刻も早く、この場を逃げなければ！

目を上げると、空は青く澄みわたり、はるか向こうには掘割が見える。そこには焚き火の煙が上がり、のんびりと人が歩いているのに、誰もこちらには気が付かない。

それどころか前方からもバラバラと、白刃をきらめかせて男らが駆け寄って来た。四、五人はいて、やはりあの一味と思われる。いったい何故、かくもしつこく自分が狙われるのか。

「一体あんたら、何者なんだ？」

八重は刀を抜いて構えながら、叫んだ。

「相馬喜平とは何の関わりもないんだな？」

答えはなく、一人が無言で斬り込んで来た。

それは難なくかわしたものの、足場がぬかるんで滑り、思わずタタラを踏んだ。そこを狙って飛び込んで来た男をしたたかに峰打ちした。

ギャッと叫んで男は前のめりに倒れたが、その拍子に八重は足元が揺れ、刀を取り落としてしまった。

これを拾う隙に、網をかけられるだろう。刀はそのままにして、とっさに懐から取り出したのは、お家伝来の短銃だった。

兄の手紙にあった〝売れる物は売れ〟とは、この銃のことを指していた。だが母はこれを長旅の〝お護り〟として売らず、自分の着物や装飾品を全て処分したのである。

両手で銃を握って正面に構えると、皆は後退《あとじさ》りした。

八重は、界隈の誰かが気付いてくれないかと、祈るような気持ちで両手を頭上に上げ、天に向けて撃った。ズドンという銃音が、夕暮れにはまだ間のある晴天に響き渡った。

一旦は後退りした男らは、今度こそ手に網を広げて迫って来る。刀を取り落としたまま網を被せられては、切り抜けるのは難しい。

八重は土手を背にしてひたすら銃を構え、ジリジリと一本道を築地方向へ進んだ。

誰かが襲ってきたら、撃つ。一人は殺す、それからは撃ちまくって囲みを破るだけだ。

そんな気迫で銃口を向けると、さすがに相手は道を譲った。

だが背後の土手に誰かが回った。八重はとっさに振り向き、もう一発撃った。弾はそれ、男は這うように腰を低くして逃げた。

背後から、網を仕掛ける気配がしてゾッとして飛びのいた時、

「ワッ!」

と声を上げ、広げた網を揺らしてのけぞる木島の姿が見えた。どこかから飛んで来た石飛礫《いしつぶて》が、その額を的確に打ったのだ。

「あっ……」

土手の草むらを見て、八重は目を疑った。二つめの石を手にして立ち上がった男は、篠屋にいたヒョロリと背の高い、頼りなげな元下っ引ではないか。

「間に合って良かった！」

千吉がそう言った時、原っぱの少し離れた所から、ズドンという撃音が響き渡った。短銃ではない強い銃音に、賊らは態勢を崩し、バラバラと逃げ出した。あの親分格の男が、木島を抱えるようにして逃げて行く。

積み上がった残骸の陰から、猟銃を手にした農夫姿の男が現れた。

「やっぱりここだったか。ああ、安心されたい、私はポリスだ」

気が立っている八重の形相を恐れるように、農夫姿の男が言う。

「実は今日は残党狩りで、連中を探しておったんだ」

八重は安堵して、崩れるようにそばの石に腰を下ろした。

「ご苦労さんです！」

農夫姿の男に、千吉はねぎらいの声をかけた。

「もしかして右近の旦那のお指図で？」

「や、その通り。今朝、この辺りを見回るように指示を受けたんだが」

と男は驚いたらしく、千吉に目を留めた。

「おいらは右近の旦那の、奉行所時代の下っ引でして」

「やあ、それはどうも。わしは滝《たき》といいますが、どうされた？」

「いや、この若者に、言いがかりをつけてたもので。連中はやはり会津の残党ですか？」

「そうです、転々と宿を移していて、なかなか捕まらんでね。これから追って行くんで、これでごめん」

「あ、この道の先に家がありますか？」

と八重が問うた。

「さて、この先には何も……」

と滝は首を傾げて、半信半疑の声で言った。

「ただ、少し奥に入ると、小さな鳥居と祠《ほこら》があるがね。あの宿泊所が焼けた時、何人かが巻き込まれて死んだんだ。祠には、その人たちが祀られている」

八重は総毛立った。

「もしや、そこに行けば、名前が書かれてますか？」

「いや、みな名無しの権兵衛《ごんべえ》だ。何せ身元の分かる手荷物が、焼かれちまったんでね。身元どころか、火傷で顔の見分けもつかなかったと」

「…………」

八重は声も出なかった。あの大工風の男が、行商人の〝ゾーマキヘイ〟と呟いた時の、どこか虚脱したような感じが目に浮かぶ。もしや喜平はここで死んだか……。

そこに立ちすくんでしまった八重を尻目に、滝は会釈してそそくさと戻って行った。

八重は千吉に急《せ》かされ、二人でその祠に向かう。

少し先の林の中にあった祠はまだ新しく、誰か詣《もう》でる者がいるのか酒の盃が置かれている。その前に立つと頭上でカラスが鳴き騒ぎ、喜平の顔が浮かんだ。干した果物を狙って群がるカラスを、喜平はよく追っていたっけ。

喜平はここに眠っていると思われたが、その死が確かめられたわけではない。だからお倉にはそう伝え、預かった物は送り返そうと思う。

辺りを見回すと、そろそろ薄闇が漂い始めた足元まで、薄紫色の野菊が咲き乱れていた。

八重はしゃがんでそれを数本摘み、盃の隣に手向けた。

八

その後、若松屋まで八重を送った千吉は、その足で急いで府庁舎に向かい、元同心の藤枝右近に面会した。

すると右近からも、呼び出しの書状を篠屋に届けてあるという。

昨日と同じ席で右近と向かい合うと、千吉はまず訊いた。

「どうして、連中が采女が原にいると分かったんで？」

「おや、八重女が会津の人とは、おぬしから聞いたことだぞ」

と右近は笑った。

「であれば、宿は『若松屋』だろう。とりあえず八重女に会ってみようと、今朝、使いを出したところ、主人が出てきて言うには、山本様は采女が原に行かれたと」

「そういうこって」

「連中は、八重女の動きはすべて見張っていようから、尾行もつけてるはず。ならば再度襲うに違いないし、次の襲撃は采女が原だ。連中は会津残党だろうと、おれも考えている。であれば、そう簡単に諦めはしねえだろう。ま、そう考えたんで、ポリスに連絡して、後を追わせただけのことだ」

「なるほど。滝というポリスに、出会いましたよ」

「おお、そうか。それとももう一つ。ヤスダは死んじゃいねえな。連中はヤスダから金を奪った上、さらに身代金を要求するつもりだ。その相手は、常識的には妹を奪われた覚馬だ。ヤスダを生かしておけば、その際の交渉に再利用出来る。覚馬にそんな大金があるとも思えんが、薩長が背後についてるから、何とか金は準備出来るだろうと……」

右近は少し思案するように沈黙してから、続けた。

「ただやつらは高槻屋とも関わっておるんで、留置して責めてみたんだが、どうも貝のように口を閉ざし、何も喋らん。千吉、お前、何か隠してることはねえか」

「隠し事なんて、とんでもねえすよ。今日は、采女が原で起こったことを報告に参ったんでね」

と先ほどのことをかいつまんで話した。

「それと、昨夜、本所の下っ引仲間と呑んで、面白れェ話を聞いたぐれえかな。紫乃の妾宅に、たまに男が出入りしてるらしいと」

「ああ、それについちゃ、ちょっと突っついて、男の名前を突き止めた」

「ヒエッ！　もう紫乃をしょっ引いたんで？」

「ポリスじゃあるまいし、手荒な真似はしねえが、ま、そういうことだ」

「紫乃が吐いたんで？」

「まさか。こちらもしぶとい女で何一つ喋らんさ。だが喋るまで待ってる余裕はねえんで、家に残った女中を別口で責めた。こちらはすぐに落ちたよ。男は服部官九郎《はっとりかんくろう》てえ役者みてえな名前だが、紛れもなく会津残党だ。紫乃とは、柳橋時代からねんごろだったと」

「さすがやることが早《はえ》えや！」

「そいつが一味の頭領かどうかは、滝が調べ上げてくれよう」

と右近は自信ありげに頷いた。

「ところで……」

と言いかけた時、階段を駆け上がって来る足音がした。上から覗くと制服姿の若い邏卒《らそつ》だった。

「あ、ここにおられましたか。実は……」

と息を弾ませ、直立不動で、早口で報告した。

それによると釆女が原で七人組の賊が、ポリスに捕縛され、一網打尽にされたというのだ。その近くの屯所で一応の取り調べをしたが、この七人組の親分もそれに従う者らも、どうやら元会津藩士らしいという。

これから一味を伝馬町《てんまちょう》囚獄署に連行するので、順調にいけば一刻ほどで到着すると。

この七人組は、ごく最近、西本願寺近くの空き家になった武家屋敷に巣食い、まだ地元でも気付かれなかったらしい。

滝は部下と二人であの界隈を別々に潜行していたが、釆女が原で連中を見つけ、〝発見した〟という合図で銃を撃った。それを聞いた部下は路地を抜けて、急ぎ銃音のした方角に向かう途中、逃げてきた賊どもと遭遇し、とっさに身を隠してやり過ごし、すぐその後をつけて逃げ込んだ先を突き止めたのだと。

「ご苦労だった」

の右近の声に送られて、ポリスがまた階段を駆け下りて行く。

呆然《ぼうぜん》としている千吉には、懐からまたおひねりを出して握らせた。

「すべてお前さんと富五郎旦那のおかげだ。そこらで一杯呑んで帰ってくれ。これからおれは、左衛門を呼び出して訊きたいことがある」

九

それから数日たった、風もない夕方──。

日の落ちるのが早くなり、七つ(四時)の鐘が聞こえると、川を上り下りする舟に灯がともり、川向こうの柳橋にも灯りが輝き始める。

そんな川を見下ろす篠屋二階の窓辺で、昏れなずむ夕景色を、放心したように眺めている客がいた。

今宵、この座敷には、宴席の予約が入っている。主客は高槻屋左衛門で、時間より早く到着し、招待した人物を待っている。

上背のあるガッチリした身体に、付け下げ小紋の着流しに五つ紋の黒紋付。髷は未だ残しており、顎髭と先がはねた眉毛が、それでなくてもいかつい顔をさらにいかつくみせている。

ただ一か月近い入牢でさすがに頬がこけ、目つきは鋭くなっていた。

左衛門は、おかみのお簾に玄関で出迎えられて丁重に挨拶され、女中の綾が、二階座敷に案内したのである。

左衛門に篠屋自慢の夕景を見せようと思った綾は、すぐに立ち上がって、川に面した障子窓を開けた。

ここからは右手に、神田川が大川に流れ込む地点が一望出来るのだ。

客が見とれている間に手早く行灯に灯を入れ、台所へ降りて行った。

自分が伝馬牢の詮議部屋に、最後に呼ばれたのは……そう、本当にあれはまだ五日前のことなのか。

（こんな時刻の呼び出しは珍しい、今度は何事か？）

あれこれ思い巡らしつつ部屋に入ると、そこには右近がいた。

「高槻屋、よく聞け、一味が捕まったぞ」

といきなり言われた。

「え、一味とは、誰のことで……？」

左衛門は舌が痺れたように絶句した。あの一味とは、先月自分を襲ったあの〝新政府転覆団〟のことか？

「知らぬはずはない。もうしばらくすると、連中がここに到着しよう」

あの一味が来る？……と左衛門はさらにうろたえた。

とっさに考えたのは、連中がどの牢に入るかということだった。

今の自分は平民であるが、金の力で士族として揚《あ》がり屋に入っている。

今は新政府が掌握するこの牢では、大枚を牢役人に握らせれば、奉行所時代以上に自由がきく。だがそんな金はないはずの連中は、平民として大牢に入るのか。

「ああ、連中と出会わぬよう手配しようか」

と右近は左衛門の思惑を察してすかさず言った。

「ただし、私の質問にちゃんと答えればの話だ。いつまでもしらばっくれるなら、場合によっては同房になろうがな」

「…………」

左衛門は鋭い目を少し細め、右近の顔を見つめた。

その時、入ります、と扉の外で声がして、若いポリスが慌ただしく部屋に入って来た。

「突然でありますが、上で警視が緊急のお呼びです。ここはこの坂本《さかもと》が預かりますので、急いでおいでください」

うむ、と頷いた右近は、

「では頼んだぞ」

とポリスに後を託し、左衛門に目配せして出て行った。残された左衛門は、腕組みをして目を閉じた。

身に覚えのない罪状で伝馬牢にぶち込まれたが、その少し前に押し込み強盗に入られ、そのお調べを受けるうち、形勢が変わったのだ。

左衛門としては自分が槍を取って賊を追い出し、金品は強奪されずにすんだから、事件を屯所に申し出る気などさらさらなかった。

ところが決死で家を抜け出した奉公人は、そんな主人の思惑など知るよしもない。この者の急報で、近くの屯所からポリスが駆けつけてきて、他の奉公人の目撃情報から、首謀者の似顔絵が描かれたのだ。左衛門には、迷惑な話だった。

さらにその絵から、左衛門が昔からよく知る、会津浪人服部官九郎の名が割り出されたのだからたまらない。

官九郎は、例の雲井残党の一人だったため広沢事件で拘留され、三か月前にシロとされ釈放された男だ。

その官九郎は元会津藩士で、高槻屋左衛門とは同郷だった。広沢参議とは一面識もない左衛門だが、この一味とは悪縁があった。

数年前に初めて家に押し込まれた時、攘夷という大義のための軍資金を援助してほしいと求められた。左衛門は、この相手がそのころ頻発していた攘夷強盗と見抜いたが、会津の脱藩浪人と知らされ、金を渡したのだ。

以後しばらく何ごともなかったが、御一新から二年ほどたったある夜中に数人でやって来て、〝斗南藩〟への援助金を求められた。それも斗南に流された会津藩の、地獄の苦しみを聞かされてのこと。

〝みちのくの　斗南いかにと　人問はば
神代《かみよ》のままの　国と答えよ〟

そう藩の老中が詠んだほど、斗南は何一つない不毛の地であると知り、左衛門は心打たれ、再び金を出したのである。

味を占めてか、連中は一月《ひとつき》前の深夜、また同じ数人でやって来た。

「自分らは明治政府には不服従の草莽《そうもう》の壮士であり、新政府樹立の志を実現するべく、結社を作って活動を広めたい。ついては多大なご支援を頂きたく参った次第……」

と頭領の元会津藩士が述べ、筆と巻紙を突きつけた。一口十両の助成金を十口と、御芳名と、血判《けつぱん》を賜りたいというのだ。

さすがにこれには怒りで血が逆流し、思わず痛罵《つうば》した。

「失せろ、下郎《げろう》ども！　たしかにわしは新政府には不服従だが、お前らの目指す政府にも不服従だ。これ以上、騒ぎを広げるな」

するとを何人かが腰の物を抜いて取り囲み、筆を握らせようとする。

観念して筆を取ったふりをした左衛門は、押さえられた力が緩んだとたん、やおら筆を振り回して囲みを破った。その勢いで長押《なげし》に飾られていた十文字槍を摑み取り、会津藩に伝えられる宝蔵院流高田《たかだ》派《は》槍術の、刀に勝つ構えで立ち向かったのである。

これには賊も震え上がって逃げ出した。

左衛門に被害はなかったが、調書を取るということで、翌日、伝馬牢に呼び出された。事の成り行きを説明するだけと思い、紋服《もんぷく》を着て出かけていった。しかし何があったか、その日は留め置かれた。

翌日になって知らされたのは、自分の罪状だった。

この左衛門は、会津の元藩士と〝明治政府転覆〟の謀議《ぼうぎ》を謀《はか》ったことに加え、一月の広沢参議暗殺にも関わり、軍資金を援助したというのである。

自分が黒幕とされる根拠が奈辺《なへん》にあるかは、全く知らされていない。

あまりに荒唐無稽の容疑に笑いたいほどだったが、容疑が晴れるまでとめ置かれると聞き、初めて恐怖に肝が冷えた。

容疑など晴れるはずがない。すべてが〝お調べ方〟によって捏造《ねつぞう》された陰謀なのである。自分は、己の知らぬところで一味の黒幕にされてしまう。そう察して貝のように口を閉ざした。

悪人と言われてきた自分が、今更どうなろうと構わないが、釈放されなければ達磨《だるま》になるだけだ、と腹を括《くく》った。

「高槻屋、一つ教えてくれ」

と右近は、警視に呼ばれて詮議部屋を出る前に、言ったのだ。

「お手前は会津人だから、同郷の山本覚馬は知っていよう」

「ああ、名前だけなら……」

「ではヤスダという人物を知っているか？」

「ヤスダ……」

左兵衛は絶句した。

たしかに一か月以上前に、京にいる覚馬から一通の書状を受け取っており、その中にヤスダの名前が書かれていたのだ。だが差出人の覚馬は偽名を使っており、手紙の体裁も商用のもの。ここに覚馬の名が出て来るはずはない。

それにその手紙は読んですぐ焼き捨ててしまい、誰の目にもとまっていないはず。

誰がこの手紙を知っている？

　左衛門はその返信を出しており、それはとうに覚馬に届いたと思っていた。

　その返事がもう届くはずだが、以来、家に帰っていないため心配でならない。腹心の番頭に、自分宛のあらゆる手紙の差出人の名を伝えるよう命じてあるが、まだ何も見当たらない。

「ほう。またどうして突然に、そのようなことを？」

　左衛門は余裕を見せて、問い返した。

「いや、実はつい一昨日のこと、山本覚馬の家族が出府して来て、妹が賊に襲われたという」

「え、家族が出府したと？」

　思わず声が掠れた。では覚馬から連絡が届いたのか。

「で、八重どのはどうなりました？」

「ほう、名前をご存じか」

「ああ……同郷ですから」

「命に別条はない。もうすぐここに到着するのは、その妹を誘拐しようとした一味だ。首領は服部官九郎というが、もしかしてご存じか」

（では八重どのを誘拐したのは、服部官九郎か？）

一瞬で、左衛門はすべてを察した。

あの官九郎と通じた何者かが、手紙を読み、左衛門になりすまして覚馬と勝手に文通し、八重らを招き寄せたのだ。

覚馬は失明していて、その筆跡が左衛門のものかどうか、判定出来なかったろう。

十

ややあって右近が戻ってきた時、その顔は別人のように青ざめ、自分の席に座ってもしばし無言だった。

「高槻屋、紫乃という女を知ってるな？」

突然の乾いた声に、左衛門はゴクリと生つばを呑んだ。

「その者が、どうかしましたかね？」

「この伝馬牢にいたのを、知っていたか？」

「何故この牢に？」

「二日前にしょっ引いた。今日これから官九郎一味がここへやって来ると知らされ、自害した」

「いい加減なことを言うな！　牢内じゃそう簡単に死ねないぞ！」

左衛門は血の気の引いた顔で、右近を睨みつけた。

「凶器は簪《かんざし》だ。どこに隠していたか。或いは牢役人に金を摑ませて、それを手に入れたか、まだ詳しいことは分からん。ともあれ先ほど、紫乃は隠し持った簪の先で喉を突き、血を噴いて死んだという」

「どういうことだ？」

「旦那と愛人の官九郎に、一室で会わされるのを恐れたのだろう」

左衛門は声にならぬ声を上げ、血走った目を一点に止めて固まった。ありえない……とその目は語っていた。

紫乃は会津藩士の妾腹《しょうふく》で、江戸で生まれた。だが出産時に母親が死んだため親戚に預けられ、少女のころに柳橋に売られたという。

父親がそんな娘を哀れんで、芸妓となった時から、配下の官九郎を通じて手紙や金を送り続けた。しかし今度の会津戦争で、それは途絶えた。優しかった父は死んだのである。そうした事情を紫乃は誰にも語らなかったから、誰もが江戸生まれの孤児と思っていた。

左衛門はそんな紫乃を信頼して、自分への私信はすべて妾宅に置いていた。まさか官九郎に頼まれ、自分の元に来た手紙を盗み読むなど、想像もしなかったのである。

「というわけでおぬしも早くここを出て、ねんごろに葬ってやりたかろう。私も協力したいと思い、警視とも話して来たところだ。官九郎との関係を正直に話し、誤解を解けば放免は早いぞ」

「……しからば訊きたい事があれば答えよう」

長い沈黙を破り、左衛門は丹田《たんでん》に力を込めて言った。

「山本覚馬が頼った謎の男ヤスダは、どこにおるか?」

「ヤスダはここにおる……それはこの左衛門のことだ」

「ほう? 山本覚馬は現在、京で新政府に出仕しておる異例の人物だが、おぬしとはいかなる関係か?」

右近は落ち着いた声で言った。

「覚馬ともあろう者が、手前のような男に金策を頼んだ理由について、一言釈明させていただきたい」

「望むところだ、聞こう」

「私こと高槻屋左衛門は、会津藩の下級藩士の倅であった」

そう左衛門は語り始めた。

「幼名は安田太一《やすだたいち》。喧嘩好きで、近所から苦情が絶えなかったが、山本家の覚馬とはウマが合い、仲良く遊んだ仲……。二人とも悪童だったが、流行《はや》りの長刀を腰にブッこんで粋がるところは、覚馬の方が上でしたな。お袋にこぼされたよ。あちらは優秀だからまだ良いが、お前はただの穀潰《ごくつぶ》しだと……」

そんな十八のころ、仲間と議論するうち喧嘩になり、相手に深傷《ふかで》を負わせてしまった。先に刀を抜いたのは相手だったが、喧嘩両成敗で切腹もあり得ると聞き、恐れをなして脱藩し江戸に逃れたのである。

江戸では遠縁の履物問屋を頼り、干物問屋、両替商と奉公先を転々として働くうち、だんだんと商才に目覚めていった。

「わしは学問はさっぱりだが、商売の勘だけは恵まれておった。御一新の後のどさくさに乗じて、ずいぶん稼がしてもらいましたよ」

土一升金一升の時代だったが、儲け話も転がっていた。

主人がいなくなった武家屋敷や、他人の空き家をちょいと手直しして人に貸した。

また刑場や首斬り場に近い土地は、近隣の土地っ子に無償で払い下げられたが、そんな土地は嫌がる者も多かった。そこで、話を聞き回って縁故をこさえておき、いざという時は政府筋には賄賂《わいろ》を送って、回してもらったのだ。

「まあ、そんな具合で早々と、不動産を斡旋《あっせん》するお店《たな》を本所に構えた。その時から安田太一は、高槻屋左衛門と名を変えたんで……。おっと話が逸れたが、覚馬との関係ですな」

会津から江戸に逃れる時、着替えや路銀の準備をしてくれたのが、この幼馴染みだった。覚馬が江戸詰めで会津屋敷にいる時は、金を借りたし、身元引き受け人や商売の保証人にも、その名を借りた。

「あの男には、命に代えても返しきれない恩義があるんですわ」

「ふーむ。覚馬が頼ったヤスダとは、東京におるおぬしのことだったか」

右近は腕を組んで深く頷き、何やら思い巡らすように言った。

「それを一味は察知し、覚馬の妹を人質にして、おぬしから大金を脅し取ろうとした。うむ、それならば、納得が行く。おぬしなら、覚馬よりははるかに容易に大金を作ることが出来る。ところがそれを迫る前に……」

「はい、わしが捕まってしまったようなわけでして。もしわしが捕まらず、八重どのの命と引き換えに脅されたら、身ぐるみ剝がされたところでした。この留置は、わしにとっては天の恵みでしたかな」

「ふーむ。そうも言えるかな。もう一つ訊こう。おぬしの手紙を盗み読みした者がおるが、それについては？」

「はあ……いかな愚か者でも、察しはつきますわ」

左衛門は俯いて、呟くように言った。

「だがその者が自害してしまっては、もはや恨みようもない」

「……今の話で、高槻屋左衛門という男が幾らか分かった気がしないでもない。何しろ〝進歩派覚馬〟と、政府のお荷物〝不遇士族〟を、同時に支援援助して来たおぬしは、それがしのような頭の固い者には、謎の塊でしかないんでね」

「いやはや、どうにもお恥ずかしいことで」

「ともあれなるべく早く警視に会い、今聞いた事情を話そう」

再び揚屋に戻された左衛門は、その夜は一睡も出来なかった。

自分の預かり知らぬところで秘事が進んでいたことが恐ろしく、当の八重女が無事だったことに救われた。

翌朝一番に、〝お構いなし〟として釈放された。同時に紫乃の弔《とむら》いが待っていて、喜ぶどころか深い虚しさに包まれたのだった。

十一

「お茶をお持ちしました」

という声に、左衛門はハッと我に返って振り向いた。

再び上がって来た綾は、茶の準備を整えた盆を手にしていた。

「いやァ、ここはなかなか眺めのいい所だのう。柳橋にはよく来ておったのに、篠屋には一度も上がらなかったとは、気の利かぬ話よ」

「いえ、やっとご縁が出来てようございました。どうぞご贔屓に願います」

「今回はいろいろと世話になったね」

と左衛門は意味ありげな口調で言った。客人がまだ来ないので、そわそわしているのである。

「ああ、八重様はもうお見えになると存じますよ。お待ちになるには、お酒の方がよろしかったでしょうか」

「ああ、少しほぐしたほうがいいかな」

と左衛門は障子を閉め、手あぶりのそばの座布団に腰を下ろした。まだ明るい室内に行灯の灯りが明るく滲んでいる。

「承知致しました。只今、すぐにお持ち致します」

「綾さーん、ちょっと」

という船頭の声で綾が玄関から出てみると、新米の若い船頭が少し困った顔で立っている。指さす先は、隣の船宿の前で、そこにぼうっと立つ若い娘の姿があった。

「あの人、さっきからあそこにいるんで、何だか薄気味悪いや」

娘はこの船頭が乗せて来たわけでもなく、気がついたら隣の船宿の門前に立っていたという。

「もし、お客様……」

綾が道まで出て隣家に向かいながら、声をかけた。振り返った娘の顔を見て、のけぞるほど驚いた。髪を赤い手絡《てがら》（布）で丸髷に結い上げた美しい娘だが、見覚えのある顔ではないか。

綾は、たぶん八重は三郎の姿で来るだろうと考え、船着場に出ている若い船頭に、その名とあの凜々しい姿を伝えていたのだ。

だが今日の八重は黄八丈《きはちじょう》の着物に、黒繻子《くろじゅす》の襟をかけ、羽織を纏って、いかにも可憐で若やいだ江戸娘に装っている。美しく化粧した顔の中で、大きな目が笑っていた。

「あらまあ、誰かと思ったら!」

思わず声を上げると、弾んだ声が返ってきた。

「いいえ、勝手にごめんなさい。この花があんまり綺麗なので……」

隣の船宿の敷地の道路ぎわに、一むらの濃い桃色の撫子《なでしこ》が、群がるように咲いていた。

「会津じゃ見たことないけど、これ撫子でしょう?」

「ああ、それは伊勢《いせ》撫子と言って、東京では流行ってるんですよ」

それは維新後に、東京の花市場を賑わしてきた流行の花で、最近はあちこちの庭先や道路端でもよく目にする。花弁の先が深く切れ込んで垂れ、何株もが群がって桃色に咲き乱れる様は、艶っぽくも、幽玄《ゆうげん》な佇まいを見せていた。

「ねえ綾さん、私、花盗っ人になってもいいかしら?」

茶目っぽく笑って問いかける八重の顔を、綾はしげしげと見つめた。この人の笑顔を見たのは、これが初めてではないだろうか。

「ええ、構わないでしょう、道端の花ですから。でも花盗っ人は、婚期が遅れるっていつかどこかで聞いたけど……」

　とっさにそう冗談で返すと、

「私、とうに遅れてますから」

　と八重は涼しい顔で一本手折り、簪の横に挿《さ》してにっこり笑った。

　綾もつられて笑い、安堵を覚えつつ思った。この人は大丈夫……。覚馬が言うところの、花盗っ人なんかじゃない。花も実も、存分に楽しんでいる。

「このまま挿して、高槻屋さんにお見せなさいな。もうあちらでお待ちですよ」

　山本八重はこの後、京で無事に兄覚馬と再会を果たす。

　明治九年（一八七六）には、兄の友人で同志社大学《どうししゃだいがく》を創設したばかりの新島襄《にいじまじょう》と結婚した。三十一歳だった。

第三話　魔物、東京を走る

一

〝陸蒸気が白煙を吐き、夜の銀座《ぎんざ》を驀進《ばくしん》していくのを見た〟

そんな妖言《ようげん》が銀座を飛びかったのは、明治五年（一八七二）秋のころである。

この九月に鉄道が開通し、横濱・新橋《しんばし》間には陸蒸気が走ったが、新橋より先にはまだ線路も敷かれていない時である。

似たような妖言が流れたのは、これで二度めだ。

今年の二月、銀座は大火に見舞われ、丸《まる》の内《うち》から築地にかけて、五千戸近い家が焼尽した。その時もあらぬ噂が駆け巡ったのだ。

〝空《から》の辻馬車が火を噴いて、銀座通りを駆け抜けたそうな〟

その出火元が、和田倉門《わだくらもん》内の旧会津藩邸だったため、噂にはさらに尾ひれがついた。

「反政府の者らが暴動を起こすらしい」

人々はこの噂に震え上がり、ポリスに駆け込む者もいたため、政府は人を惑わす流《りゅう》言飛語《げんひご》に、罰則付きの禁止令を出したのだった。


「ああ、ちょうど良かった」

綾が箒を持って玄関を出た時、船着場から上がって来た船頭の弥助が、振り返って顎で示しながら言った。

「綾さんにお客さんだ」

「えっ、誰かしら？」

「名を訊いても言わねえんだけど、美人だぜ」

だが、周囲を見回しても人の姿は見えず、川を上り下りする舟も少なく、辺りには晩秋の陽がキラキラと光り、遠くに四つ（十時）を告げる鐘の音が響いていた。

例年なら神田川も大川も、引きも切らぬ紅葉見物の舟で賑わう時期だが、今年はがっくりとお客が減った。

それもこれも陸蒸気のせいだった。

地元の人々は驀進する汽車を〝煙を吐く魔物〟と恐れ、議会はそんな鉄道を通す予算はないと突っぱねる。そうした周囲の圧倒的な反対を押し切って、明治政府は日本初の汽車を走らせたのである。

「お客さんは皆、陸蒸気を見に行っちまったよ」

と柳橋の船宿はすでに諦め顔だった。実際、陸蒸気見物のため、品川《しながわ》までの舟を仕立てる客が多かった。

いざ鉄道工事を始めようとすると地元では、伝統が破壊される、町が汚れる、疫病が運ばれる、外国人が押し寄せる……と激しい反対運動が繰り広げられた。誰も立ち退こうとしないばかりか、抗議の首吊り自殺を図る老女までいたのである。

やむなく駅舎は、会津などの藩邸を壊して造られ、線路も藩邸の掘割を埋め立てて敷かれた。さらに陸蒸気は、新橋《しんばし》・品川間では海の上を走ることになった。全長二十九キロのうち、およそ十分の一が海上線路という。誰も立ち退かないため、建築局の苦肉の策だった。

そんな地上の嘆きはどこ吹く風。今日も陽は高く昇って天空に輝き、静かで明るい晩秋の日が始まっている。

「ほれ、あそこ、橋のたもとに立ってるだろ」

弥助の言葉に橋に目を向けると、なるほどすらりとした女がこちらに背を向け、川を眺める風情で佇んでいる。

その艶っぽい後ろ姿に、綾はドキリとした。

（お路様……？）

綾はたまに、富五郎がいる妾宅に使いに出されるから、いつも廊下を奥に導いてくれるお路のほっそりした後ろ姿は、目に焼き付いている。

箒を玄関脇に置き小走りに駆け寄ると、先に女が振り向いた。その楚々《そそ》とした顔に、ふわりと花が咲いたように微笑が広がった。

「まあ、やっぱりお路様、お久しぶりでございます」

「ごめんなさい、お忙しいところお呼びたてして」

ちょっと伺いたいことが……とその柔らかい顔から、笑みが引いた。

綾には、富五郎から常に言われていることがある。このお路が突然篠屋に現れた時は、〝わしに不測の事態が起こった時〟だと。

お路も同じように言われていただろう。

〝わしに不測の事態が起こったら、篠屋に行って綾に伝えよ〟と。

今まで一度もそんなことはなかったが、綾はとっさにお路を篠屋から見えない路地裏に誘って言った。

「さあ、ここなら大丈夫、何でも仰ってください」

一瞬お路は驚いたようだが、すぐ平静さを取り戻した。

「お訊きしたいのは、旦那様がそちらに帰られたかどうかってこと」

「え、旦那様が、今日ですか？　いえ最近は……」

また例の浮気の虫かと見当をつけたが、

「いえ、そういうことじゃなく、旦那様は邏卒に連れて行かれて三日めなんです」

邏卒が旦那様に何の用かと、綾はまだピンとこずに相手を見ている。

するとお路は両手首を合わせ、お縄になった姿を演じて涙ぐんだ。

「ええっ、まさか！　どういうことですか」

「分かりません、すぐ戻るからと言い残して連れて行かれたきりで。でも、もしかして本宅に戻られたかと思ったんで来てみたんだけど」

ことは三日前の午後に起こったという。

大伝馬町『勝田屋』の一隅で開かれた書画展に、富五郎がお路同伴で行ったのが、そもそもの始まりだった。勝田屋に行くと知って、お路が連れて行ってほしいと頼んだのだ。

芸妓時代のお路は、櫛《くし》、簪、化粧品などを大々的に扱う大店『勝田屋』の上客だったし、五兵衛はお座敷での馴染客でもあったのだ。

田鶴が亡くなった時は、すでに身請けされていたが、昔のよしみで通夜には早々に駆けつけた。それから三年。

もう一度御焼香《おしょうこう》を……という思いを遂げたのである。

そのお路を先に帰すため、富五郎は店先に人力車を回してもらい、お路を乗せた車が走り出すのを見送った。ホッとして座敷に戻ろうとした時、いきなり三人の邏卒に囲まれたのだ。

「篠屋の富五郎どのでありますか。ちと伺いたきことがあるによって、そこまでご同道いただきたい」

無理に江戸ふうに話そうとしてか、堅苦しく力む髭の邏卒の顔を、何ごとか？　と言いたげに、富五郎は鋭く見返した。だが勝田屋の前で揉めるのも気が利かない。伝馬町囚獄はすぐそこだ。

一時の我慢と思い無言で頷いた。その成り行きを人力車から見ていたお路が車夫を止め、人力車はすぐ引き返してきた。

「何か事情があるようで、わしはちと行って来る。時間はかかるまいが、勝田屋に寄って帰るから今夜は遅くなる」

いつもの平静な口調でそう言い置き、車夫には心付けを渡し、頼んだぞ、とトンと車輪を叩くと、車は再びゆっくり走り出した。

「それが最後でした。それから旦那様は帰って参りません」

二人はそのあと沈黙したまま両国橋に足を踏み入れ、綾は中央で足を止めて、やっと口を開いた。

「何か心当たりはないんですか？」

「いえ。私、どうしていいか分からなくて」

欄干《らんかん》に凭《もた》れて、下を滑っていく船を目で追いながらお路は呟いた。

(私も同じです)

綾にはそんな、正直過ぎる言葉しか浮かばない。

この家で旦那様が転《こ》けたら、皆転けるのだ。

今の不景気な篠屋から富五郎が消えたら、たちまち潰れるのは目に見えている。一瞬、何があったか必死に思い巡らせたが、頭には何も浮かばない。

「何があったか、こちらで少し調べてみましょう。うちには元奉行所の下っ引がおりますし、何か摑めるでしょう……」

綾は考えをまとめてやっと言った。

「少し時間を頂けますか。勝田屋さんにもお会いして、何か心当たりを伺ってみますよ」

「頼みます。何かあったら、遠慮なく教えてくださいね」

お路と別れてから、綾は歩きながら考えた。

去年、高槻屋に降りかかった類のことが、今度は富五郎の身に襲いかかったのかもしれないと。

この篠屋の一大事を、おかみのお簾に言うべきか否か。

ただ気性が激しいお簾は、お路という妾の存在を今も認めていないため、この夫妻の関係は、あちらこちら謎だらけだ。

だが離別に至らないのは、女として裏切られたにせよ、富五郎と篠屋に注ぐ愛着が深いからだろう。富五郎もお簾を大事にしていて、万事に顔を立てている。

二人はいつしか暗黙にお路が存在しないふりをし、やって来たのだ。

だが篠屋の命運に関わる事であれば、正直に言わざるを得まい。まずは富五郎の留置を確かめてからだ、と綾は考えた。

二

その午後、綾は用事を作って日本橋まで足を伸ばし、急ぎ買い物を済ましてから、大伝馬町の勝田屋に立ち寄った。

「な、なんだって？　富旦那が、しょっ引かれたと？」

事情を聞いて、五兵衛は頓狂な声を上げた。

「や、それは知らなかった。まあ上がんなさい。中で聞こう」

すぐ済む話と思ってか、奉公人通用口まで出て来ていたのだ。

「いえ、使いの途中でございますので、ここで失礼させていただきます」

五兵衛は頷いて、立ったまま話を続けた。

「たしかにあの日、富旦那は、お路さんを送って店の外に出たきり、戻って来なかった。変だとは思ったが、ポン友が通りかかって、誘われたかぐらいに一人合点してね……。それにしても、店の者は一人も人力車のそばにいなかったのか？」

「向こう様は、あえてそんな空白を狙ったのかもしれません。旦那様は最近、いつもと違うことはなかったですか？」

「うーん、いつも何か気にしてたとも、していなかったとも……。洒脱《しゃだつ》な人だから、そう単純には本心を見せないさ。ただ、あの旦那がポリスの世話になるなど、何かの間違いか、誰かの陰謀に決まってる」

と五兵衛は唸って腕を組んだ。

「しかし、牢内に留め置かれてるなら、ツル（金）や差し入れを頼んで来るはずだが、それはどうなってる？」

「私の知る限り、篠屋にも、お路様にも、何も連絡はございません」

富五郎は、自分のことで周囲に心配をかけたり、騒がれたりしたくなかったとしか思えなかった。それに舟業界の存続が危うい今の時期、店の信用を傷つけるような事は、禁物でもある。

綾がそのように言うと、

「うーん、私も少し当たってみよう。多少なりとも分かることがあるかもしれん」

「よろしく頼みます。ただ、お路様から知らせがあったというお話は、どうかおかみさんにはご内分に……」

事情を知る五兵衛は、分かってるというように頷いた。

礼を言って勝田屋を出ると、空は相変わらず晴れ渡っていたが、家々の影が少し濃くなっていた。

綾は急ぎ足で、カタカタと浅草橋を中央まで行った。

藤枝右近のもとまで行った千吉は、すでに欄干に凭れて片手で石を弄《もてあそ》びながら、
綾が近づいて来るのを見守っていた。

「右近の旦那は何も知らなかったすよ」

と千吉は、肩を並べると待ちかねたように言った。

富五郎がしょっ引かれたと聞いて驚いた右近は、千吉を長いこと待たせたまま、いろいろ調べ回ったのだ。

なるほど富五郎は三日前から、一般町人向けの東牢に収容されていたが、嫌疑については一切極秘で、右近でも調べられなかった。

「ただ、牢内でツルてぇやつがねえとえらい目に遭うんだが、富旦那は幸い出先で捕まったから、金はたんまり持ってたらしい。だが牢奉行や牢役人に渡す分を、親戚が届けてきたそうだ」

「親戚?」

「それについて、ちょっと意外な話を聞いたよ」

右近によれば、職場にいる同心時代の先輩に訊いたところ、古い話をよく知っており、いろいろ教えてくれたのだと。

「あの篠屋は古い老舗の船宿で、富旦那はご養子なんだそうだ。実家は旗本だってね」

「は、旗本……？」

「宮嶋《みやじま》家といい、天保《てんぽう》のころまでは御普請支配で、三千石のご大身《たいしん》だったそうだ。それればかりか、深川洲崎《すさき》海岸の波除土手《なみよけどて》の普請で功あって、手掛けていた十万坪の一隅の埋立地を、下げ渡されていたともいう」

その辺りは、江戸中期のころ異人が魚の養殖を始めたが失敗して、〝唐人淵《とうじんふち》〟と呼ばれており、その後を宮嶋家が引き継いだのだ。

「ところがこの輝かしい宮嶋家は、富旦那のご尊父の代に崩壊する」

富五郎がまだ子どもの時分、父親が突然、切腹したのである。

大潮が深川の海岸を襲った際、先々代が指図して修理に当たった小名木川《おなぎがわ》河口の崖が崩れ、死者を出した。

その修理箇所は、宮嶋家が毎年点検に当たっていたため、父の清右衛門《せいえもん》がその責任を取って、自裁《じさい》したのである。

だが近年まれにみる大災害だったし、宮嶋家は神君《しんくん》以来の古い家柄だったこともあり、お家お取り潰しは免れた。家禄は半分以下に減らされたが家は残され、拝領屋敷に住み続けることが許された。

家を継いだのは万事に無気力だが学問好きの長男で、塾を開いて幕臣の子弟に学問を教えた。だが家計の助けにもならず、生活は困窮し、支えになっていた主《おも》だった用人は次々と辞めていった。

次男の富五郎は、武家を嫌い放蕩三昧《ほうとうざんまい》に明け暮れて、素行《そこう》が悪かった。だが以前から話のあった老舗船宿との養子縁組は進められ、そこの当主が亡くなったのを機に、富五郎は宮嶋家を出たのである。十六だった。

「ま、しかし、このおいらが言うのも変だが、稼ぎのねえ貧乏旗本より遥かにマシだよな。富少年は、剣術が得意だったらしいが、町人になってから刀を櫓に変え、一度も刀を手にしなかったそうだよ」

「へえ、旦那様が武士の子ねえ」

「富旦那らしいや」

千吉は先に立って人混みの中を歩き出し、二人は肩を並べて橋を対岸まで渡った。

「差し入れのお世話をしたのは、その宮嶋家だったのね。そちらへは、旦那様が知らせたんでしょうが、何があったの？」

「うーん。右近様の話じゃ、何があったか誰も知らねえそうだ」

「…………」

「ともあれ富旦那は十六で篠屋の婿養子となり、二十歳を過ぎて、そこの家付き娘と所帯を持った。それ、お簾さんじゃねえよ。嫁さんは三年後に産褥熱《さんじょくねつ》で、母子ともども亡くなり、お簾さんは、その後添えだったそうだ」

宮嶋家当主となった長男は、その後数年で病没し、続いてその妻も病で亡くなった。その息子も早世《そうせい》していたため、年が十以上も離れていた腹違いの三男周之助《しゅうのすけ》が、宮嶋家を継いだ。

周之助は、好意を抱いていた呉服商の看板娘お京《きょう》を、嫁に迎えた。だが上野戦争で負傷し、田町のお京の実家に移って療養。義父が病没すると、見よう見まねで商売に手を染めたという。その店は古くて小体《こてい》だったが、お京が上手に切り盛りしていた。

明治二年、鉄道建設予定地として立退きを命じられた時、替地に深川門前町《もんぜんちょう》を希望して認められ、そこに移って新しく呉服店を開く。

「どうやらこの弟は商才があるらしい。女房の助けがあるとはいえ、武士の商法にしちゃ上等だそうだ。ただ、実父清右衛門の切腹を憚って、篠屋に一度も顔を出してねえんだと……」

喋りながら二人は神田川を下り、柳橋近くまで来ていた。

「千さん、今夜おかみさんに話そうよ。何か知っておいでかもしれないしね……」

昏れなずむ橋の向こうを眺めながら、綾が言った。

「店がこんな非常事態だっていうのに、船頭たちは揉め事ばかりだし」

「ただ、富旦那から連絡がねえのは、おかみさんに心配かけたくねえからだろう？」

「でもそれも、すぐに牢を出られればの話でしょ。この先、何日もかかったらどうすんの。最後に頼りになるのは、女房と母親でしょうが」

「さあ、うちのおっ母はどうだか分かんねえが、分かった。磯さんにも声をかけよう。おれから言っとくから、おかみさんを頼む」

綾は頷いて、先に立って柳橋を渡り始めた。

三

お簾が座る帳場に、他の三人が集まったのは、最後の呑み客が帰った五つ（八時）過ぎだった。

もうこの後は、吉原《よしわら》に向かう猪牙舟《ちょきぶね》の客は現れない。

というのも折から政府は、〝娼妓解放令《しょうぎかいほうれい》〟なる怪しげな勅令《ちょくれい》を出したばかりで、猪牙舟で吉原まで行く物見高い客は、今のところいなかったのだった。

「なーに、解放令だか何だか知んねえが、吉原が、こんなにわか仕立てで終わるはずはねえ。今は、守るふりしてシンとしてるだけさ」

と船頭らはたかを括っているが、時間はかかるだろう。

まずは千吉が、〝聞いた話〟として、主人富五郎が三日前、勝田屋前で、ポリスに拘束されたと伝えた。

「で、おいらは今日、元同心の藤枝様の元へ伺いに行ったんすが、藤枝様も何も分からんのだそうで。で、おかみさんに一つ伺いてえのは、富旦那のご生家についてです。牢内にツルなどの差し入れをしてるのは、そちらだそうで」

「あああ……」

とその時とんでもない声が上がった。お簾が、悲鳴のような声を上げて泣き崩れたのである。

「あたしには何も知らされてないんだよ。旦那様は女房のあたしなんて、信用しておいでじゃなかったんだ」

とあられもなく泣きじゃくったのだ。

そんな愁嘆場《しゅうたんば》は全く予想していなかった綾は、呆然とした。もっと気丈で、皆を叱咤激励するような女丈夫《じょじょうふ》と考えていたからである。

「いえ、ご主人様は皆に心配をかけまいとして、どなたにも、連絡なさらなかったのですよ」

〝お路にも連絡していない〟と伝えたかったのだが、お簾はそれを敏感に察して、手を振って言った。

「ええ、ええ、分かりました。ともかく話を進めておくれ」

「で、そのご生家ですが、元旗本だったと……」

と千吉が言いかけると、

「ああ、生家は宮嶋といって今は深川にあります。あたしはあまり付き合いはないけど、旦那様はとても親しくしてるみたい。だからあちらに頼んだんでしょう」

「はあ……」

それきりその話は止まってしまった。どうやらお簾は生家には触れたくないらしい。

「しかし人をしょっ引いておきながら……」

と磯次が言った。

「嫌疑は言わないたァ順序がおかしかねえですか。まるで罪状よりも、取っ捕まえるのが先決みてえだ」

「でも、いつかこんなことが起きると思ってた。あの人、薩長の悪口を所構わず言ってたお方だもの、狙われたのに決まってる」

とお簾が口を挟んだ。

「先日だって、夜分にこの辺りをウロウロしてたお偉いお方を、頭から怒鳴りつけたって話じゃないか」

「えっ、おやじさんが？」

磯次が首を傾げた。

「もしかしてそれ、立ちションの話じゃねえすか？　それなら、おやじさんじゃねえです。確か六平太と思ったが……、おい、六。そんな所で盗み聞きしとらんで、中に入って話せ」

するど襖の陰から、がっちりした六平太が腰を落として現れた。

「いや、すまんこって。通りかかったら声が聞こえたんでつい……」

「で、どうなんだ、怒鳴ったのはお前だろ？」

「へえ、カッとなってつい……。いえね、舟から上がって来たら、暗いのをいいことに、庭の生垣《いけがき》で誰かが小便してやがるんで」

〝おい、そこの若《わけ》えの、ここは柳橋でも三本の指に入ェる船宿だぞ。綺麗どころの出入りする玄関先で立ち小便たあ、気の利かねえ野郎だぜ、とっとと失せやがれ！〟

すると男は、暗い中で相手を船頭と見分けたか、居丈高《いたけだか》に怒鳴り返してきた。

〝下郎ん分際で、ないを抜かすか。小汚ねえ裏道だが、ここは天下の公道じゃ、船頭ごときにとやかッ言わるッ筋合いはなか！〟

何だと！……と手にした濡れ草鞋《わらじ》を振り上げた六平太は、遠い提灯の仄かな灯りで、男がさして若くない薩摩者で、サーベルを下げた邏卒の頭らしいと気が付いた。

まずい、と思ったが振り上げた手のやり場がない。構うもんかと投げつけようとした時、男はピーと呼子《よびこ》を吹いた。

〝六、止めろ！〟と叫んでそこへ駆けつけたのが、磯次の舟で船着場についたばかりの富五郎だった。

邏卒に向かっては、平謝りに謝った。

〝この者が、失礼を申し上げました。ここは天下の公道でござんして、ご自由にお使いくだされ。暗すぎると仰《おお》せなら、急ぎガス灯を申請しますでな〟

と心付けを相手の手に押し付けたところへ、駆けつけてくる邏卒の足音が聞こえた。

「……てなわけで邏卒の親玉は金を握って、行っちまった。おやじさんにペコペコ頭を下げさせて、ほんとにすまんこって」

と六平太はがっしりした身体を小さくすぼめた。

「なに、おやじさんは、立ちション男を〝ガス灯〟で揶揄《からか》ったから、溜飲《りゅういん》は下げたろうよ」

その磯次の言葉に、襖の向こうから笑い声が上がった。

「そこにいるみんなお入り。話したいことがあります」

お簾の声に、若い船頭三人がやはり腰を落として入って来た。竜太、弥助、勇作《ゆうさく》である。

「今の話で事情は分かったね。だから篠屋の主人は当面、留守にします。今後は磯さんの指示に従っておくれ。ただ、外で余計なことは喋らないように」

とお簾は釘を刺した。

「でもこんな頼りない状態だから、もし他に稼ぎ口を見つけて移りたい人がいたら、遠慮なく言っておくれ。もちろんあたしは、皆に居てもらいたいけど、今後あまりいい思いもさせてやれそうにないし……」

と声が途切れると、竜太が言った。

「おかみさん、心配するなって。わしは辞めんよ」

「おまえさんが辞めても、誰も引き留めんて」

磯次の言葉に、また笑い声が上がった。

「ただわしは本当は、ここを辞めて、伝馬牢に殴り込みをかけてえんだ」

竜太が意外に沈痛な面持ちで言った。

「おう、俺も行くぞ」

勇作が賛同し、おれも……と弥助が続いたので、磯次は慌てた。

「おいおい、冗談はそこまでだ。伝馬牢はどうあれ、篠屋を潰したくなかったら、大人しくしておれ」

「旦那様はもうすぐ帰っておいでだよ」

とお簾が言うと、磯次が手をパンパンと叩いた。

「さあ、これでお開きだ。吉原はいずれ復活するし、お客は戻ってくる。おやじさんが帰るまで、勝手な真似だけはしねえこった」

四

その翌日の午後――。

買い物から帰ると、船着場にちょうど六平太の舟が着き、勝田五兵衛が下りたったところだ。

「や、綾さん、昨日はどうも。いま六さんから聞いたが、おかみさんも大変だねえ。ああ、これはお見舞い……」

とお簾の好物のカステラの箱を手渡し、言った。

「……いる？」

綾は頷いて、勝田屋を帳場のお簾に取次ぎ、見舞いの品を渡して、台所に回った。

すぐにお茶の準備を整えて、帳場に運んで行くと、

「いま、例の山城屋《やましろや》事件の話をしてたところだよ」

とお簾の不機嫌に手を焼いていたらしい五兵衛は、ホッとしたように表情を和らげた。お路を富五郎に会わせた五兵衛は、お簾の覚えがあまりよろしくない。

山城屋事件はこの春から世間を騒がせている、大掛かりな汚職事件だった。

主人の和助《わすけ》は奇兵隊で活躍した長州藩士だが、維新後は貿易商に転じ、短期間で富豪にのし上がった人である。

その錬金術《れんきんじゅつ》のカラクリは、同郷の友人で陸軍の要職にある山県有朋《やまがたありとも》だった。有朋の口利きがあれば、まともな担保もなしに公金を借りられた。

和助が借りた総額は六十五万円。

それを商売に流用し、巨万の利益を得て、たちまち政商に躍り出た。柳橋や新橋の高級料亭で豪遊する山県らの遊興費を、和助は一手に引き受けた。

ところが欧州の生糸《きいと》相場の暴落で投機に失敗、莫大な借金の返済不能に陥った。和助は新たな商売で挽回《ばんかい》しようと、残金を握ってフランスへ渡ったが、それも不調で、破れかぶれでパリで豪遊し、それが本国に知れたのである。

司法卿江藤新平《えとうしんぺい》の厳しい追及で、山県は辞任に追い込まれ、急きょ和助を呼び返したという。

「今は洋上を日本に向かってるようだが、いやはやどうも。もしかしたら富さんも、そんな似たような事件に巻き込まれたんではと……」

あら、とお簾はきっぱりはねつけた。

「うちは山城屋さんと違って、今出来《いまでき》の豪商じゃござんせんよ。老舗であれば、公金で私服を肥やすなんて、そんな大それた真似は出来っこない。せいぜいの楽しみは、貧乏役者を助ける程度のこと。少し貯まればすぐ出て行く金持ち貧乏ですから」

「ああ、良いことを言いなすった。うちも似たようなもんですよ。ただ富五郎旦那は、意外とお顔が広いんで……」

と五兵衛は冗談を言ったつもりだが、お簾は顔をこわばらせて、ニコリともしない。

「……実は昨日、氷川《ひかわ》に連絡を入れてみたんです」

五兵衛が言う〝氷川〟とは、勝海舟のこと。この五月に海軍大輔に任じられ、同じころに赤坂《あかさか》氷川に転居したと、綾は聞いている。

富五郎の広い交友範囲の中でも、今度の件に便宜《べんぎ》を図ってくれそうなのは、このお方しかいないと綾は思っていた。

「ですが……」

と五兵衛は続けた。

「あいにく閣下は上方《かみがた》へ行かれ、帰りは静岡《しずおか》に寄られて、しばらくお留守だそうで。他にどなたか、便宜を頼める人物はいませんか」

「そうですねえ、旧幕臣で新政府に顔の利くお方となると……」

とお簾は問いかけるように綾を見、綾はおずおず言った。

「あの、鉄舟《てっしゅう》様はいかがですか」

「ああ、山岡《やまおか》鉄舟様なら、快く力になってくれるでしょうが」

五兵衛は大きく頷いて肩をすくめた。

「ただし今は、あの方には頼みにくい事情があります」

それは鉄舟はこの六月、西郷隆盛《たかもり》の強い希望で明治天皇の教育係に任じられて、超多忙の日々を送っているのである。

他にも何人か名前が挙がったが、結局は話がまとまらず、五兵衛は今日のところはこれで……と帰って行った。

「おかみさん、深川のご実家ですけど、そちらから、何かお話を伺えませんか？」

五兵衛が帰ってから、綾は茶道具を片づけながら、遠慮がちに持ち出した。宮嶋家が何か知っているに違いないと見たのだ。

「そうだねえ」

とお簾は気のないふうで、なかなか決めない。

「もし差し支えなければ、私が訪ねて行っても構いませんよ」

「有難う。でも……やっぱり、あたしが行こうかね」

とお簾は、やっと決断した様子である。

どうやらお簾が後妻として入ることが決まった時、富五郎の実母お紺《こん》が、強く反対したらしい。

お紺は京の先斗町《ぽんとちょう》で生まれ育った京芸妓で、細かいところに目が行き、柳橋芸妓上がりのお簾には評価が厳しかったという。

だが富五郎はそれを無視してお簾を迎えたから、宮嶋家とは疎遠だったのである。

翌日、朝食をすませたお簾の元へ、昨夜から頼んでいた髪結いがやって来て、注文通り若やいだ銀杏返《いちょうがえ》しを結い上げた。

それから綾に手伝わせて地味な草色の小紋に、紋付羽織をしゃっきり着込み、磯次の漕ぐ屋根船で出かけて行った。

舟は陽が落ちるころに帰って来たが、お簾は疲れた様子で真っ青な顔をしていた。

五

お簾が語った話は、篠屋の者らには驚くべきものだった。

伝馬牢には、弟の周之助も留置されているというのだ。出頭を命じる召喚状《しょうかんじょう》が届いて出かけて行ったきり、帰らなかったと。

嫌疑については、周之助の女房お京も詳細は知らず、夫からの使いの者が差し入れを頼みに来た時、心付けを弾んで事情を聞き出した。

だが、深川のこの地に引っ越した際に何か不正があったらしい、と知ったのみだった。

「立ち退きの際に不正が？」

「いえ、あり得ない話ですよ」

宮嶋家は陸蒸気が走る以前、田町《たまち》の外れの辺りにあった。だが立ち退きを通告された時、周之助は兄富五郎と相談し、替地として深川門前町を希望し、容れられたのだ。

さらに十万坪にある私有地にも小屋を建て、手入れをしようと決めた。

お京が知っているのはその程度で、不正事件など、想像もつかない。

「そんなこと、ありゃしません。何かの間違いに決まってるんで、明日にも篠屋さんに伺うつもりだったんです」

とお京は、これまでまるで他人行儀だったお簾に、泣きつかんばかりの勢いで嘆きっ放しだったという。

「その不正ってつまり……立ち退きの時に、袖の下を使ったてえことで？」

お簾の話を聞いて、千吉が問うた。

「まあ、そんなことでしょ」

お簾のぶっきら棒で、他人事《ひとごと》のような答えに、

「でもおかみさん、なぜ旦那様が……」

と綾は言いかけたが、お簾は手を振って、頭痛がするからと頭痛薬を頼み、それきり食事も取らずに、奥の部屋に引き取ってしまった。

綾は、何かあったら知らせてくれという勝田屋の言葉を思い出し、急ぎこの話を手紙に認めて、竜太に届けてもらった。

翌日は朝から雨。未明からの激しい雨で川は水嵩《みずかさ》が増し、高い川音がシンとした篠屋の中を流れていくようだった。

お簾はこの日も体調が悪く、朝から寝室に籠って出てこない。

午後に雨が上がるや、天気の様子を見ていたらしい客が二、三人やって来て、腕自慢の船頭が、次々と客を乗せて川に漕ぎ出て行った。

その帰り舟が船着場に着くと、羽織姿の五兵衛が下り立った。夕方から柳橋で宴会があるので、その前にちょっと立ち寄ったという。

おかみさんは伏せっていると船頭に聞いたらしく、

「綾さんと千さんに、ちと聞いてほしい」

と勝手知った客らしく、玄関横の待合所にさっさと入っていく。

「昨日の綾さんの手紙で、多少の見当がついたよ」

五兵衛は、さすがに辺りを憚って声を潜《ひそ》めた。

「鉄道の敷設計画が始まったのは、明治二年。三年には工部省が出来、工事が始まる。それから二年たった今年、横濱新橋間が開通した……。この間、鉄道頭《かしら》として計画を指導してきたのは、工部省大丞《たいじょう》なる井上勝《いのうえまさる》というお役人らしい。確かこの人物とは、富旦那は前から面識があったはずだ。もしかしたら不正を指摘された相手は、この井上公じゃないかと思うんだが……」

「まあ」

と綾は頓狂な声を上げた。

「井上様と言いますと、あの尾去沢《おさりざわ》……とかいう鉱山を、屁理屈つけて横取りしちゃった長州のお方ですかね？」

「あっ、綾さん、そりゃ井上カオル（馨）だろう。こちらは井上マサル（勝）だ」

五兵衛は手を振って笑った。

「そう、大蔵卿のカオルは、たしかに悪名高いお役人だ。だがマサルの方は、西洋の技術を学びたいと、国禁を犯して海を渡ったツワモノだ」

幕末には外国渡航は禁じられていたが、イギリス留学を藩主に果敢《かかん》に願い出たのは、二十一歳の井上勝だった。

長州藩は、それを許した。折しも下関《しものせき》戦争が始まった文久《ぶんきゅう》三年（一八六三）、五人の秘密留学生を選抜し、敵国イギリスへ送り込んだのだ。

その五人の中に、井上馨と井上勝が入っている。

「井上マサルは志が高いと評判はいいが、しかしカオルとおトモダチだ。どこまで清《せい》廉潔白《れんけつぱく》かは分からん」

と五兵衛が皮肉をこめて言った。

というのも井上馨はつい昨年、〝尾去沢鉱山事件〟なるとんでもない隠匿《いんとく》事件を引き起こして、悪名を高らしめていた。

このことから五兵衛は、もし鉄道敷設を巡って汚職があったら、この長州五傑の井上勝が最有力だろうと考えた。

「聞いた話じゃ、井上勝は留学前、英語修業のため江戸に出てしばらく横濱に通ったそうだし、鉄道の話が決まってから柳橋で遊んでもいる」

五兵衛は、綾を見て言った。

「そのころに富旦那と何か接点がなかったか、おかみさんにちょいと訊いてもらえないか？」

「ふーん、勝田屋さんがそう言ったかい。井上様ねえ……」

伏せったまま話を聞いたお簾は、気がなさそうに呟いた。

「そんな古い話は忘れちまったよ。それにうちの旦那様は口の固いお方だから、仮に来て下さってても何も言わなかったでしょ」

相槌《あいづち》を打ちながら、綾には脳裏に甦ることがあった。お簾も何か思い出すことがあったらしく、

「ただ、あれは一昨年だったかしらねえ」

と言い出した。

「たしか鉄道工事が始まる少し前、うちで屋根船を出したことがあったね。向こう様は井上様のお名前は出さなかったけど、工部省ということで五、六人お見えになって……」

「それ、覚えてます！」

綾が興奮して声を上げた。

「私は舟には乗らなかったけど、乗船前の休憩中に陸蒸気の話なんかが耳に入って、面白かったんですよ」

「呼んだ芸妓は一人だったけど……、井上様も一曲唸ったりして、あの大川遊覧は楽しかったと聞いたね」

「その芸妓さん、声のいい、民謡のお上手な……」

「そう、お近《ちか》さん。薩摩のお客様には芸はともあれ別嬪《べっぴん》を、長州と言えば芸達者で喉のいい妓をって、ほほほ……」

その夕方、綾は同朋町《どうぼうちょう》の置屋を訪ね、出勤前のお近をつかまえた。

「あら、二年前のお座敷なんて覚えちゃいないよ」

話を聞いてお近は丸い顔をしかめたが、

「ああ、でも、一つだけど覚えてますよ」

箱屋《はこや》を従えて置屋を出てから、ふと目を上げて言い出した。

「あの舟での宴会ねえ。ええ、お名前は覚えてないけど、一番お偉い方は覚えてます。お顔の細い無口なお方でしたが、長州の有名な盆唄《ぼんうた》……木戸刈屋《きどかりや》盆唄を披露しなすって、やんやの喝采でした。〝木戸と刈屋の境の松は〟……って声がとてもお良ろしくて、家老の姫君と足軽の息子との悲恋の唄を、こう嫋々《じょうじょう》と唄ってくださってねえ……」

それで綾は思い出したことがある。

その演説会に綾も誘われて銀座まで聴きに行ったが、その演者はよく通る声で、理路整然と持論を述べ立て、聴衆の興味をそそった。

その人の名が井上勝だったと、思い当たったのである。

六

富五郎が伝馬牢に入れられて十日めは、朝から土砂降りの雨だった。

だが篠屋の命運をかけて、千吉は濡れるのも厭《いと》わず藤枝右近を訪ね、詳しい情報を聞き込んで、午後遅くにずぶ濡れで帰ってきた。

右近の調べで分かったことは——。

司法省の槍玉に挙げられている関係者は、工部大丞・井上勝と、篠屋の富五郎、弟の宮嶋周之助の三人。嫌疑は、立ち退きの替地にまつわる贈収賄《ぞうしゅうわい》という。

立ち退きを勧告された家には替地が保証される。政府の勧める物件が気に入らなければ、保証金をもらって立ち退くことも出来た。

宮嶋家は深川門前仲町を希望したところ、この繁華街の外れに、廃屋となった武家屋敷が見つかった。宮嶋側はそれに合意し、手直しを早々に終えて引っ越し、呉服店『宮じま』を開店したのである。

目端のきく周之助は、これを機に、放置していた十万坪にある宮嶋家の土地〝唐人淵〟も見直し、一儲けしようと考えた。

そこでこの土地を担保に金を借り、土地に手を入れて貸し出し、この三年間に相当量の利益を得ていたのである。

ところがこの経緯に反発する告発者が複数いて、司法省が動いた。

曰く、門前町は今や深川の一等地で、今後は線路ギワとなる田町と同格では不釣り合いで、過度の優遇処置ではないか。

曰く、十万坪の千田新田《せんだしんでん》は、埋立て地とはいえ、以前は葦《あし》も生えない不毛な湿地帯だった。だが近年は土地改良も進み、金魚、鯉《こい》、鰻《うなぎ》などの養殖地として有望視され、地価も飛躍的に上がっている。

その土地を、宮嶋家側は私有地と称しているが、それを裏付ける証文はない。だが政府は証文なしでその土地を安堵《あんど》した。これは不見識な判断であり、不正な取引と考えられる――。

「その告発者は不明だが、深川は以前から、長州嫌いの気風の強い土地柄でねえ」

と右近は言った。

「維新後も、長州が旗を振って陸蒸気を走らせたり、勝手に土地を動かすことに反発があったんじゃないか。たぶん、頭の固い町年寄りあたりが、新橋の鉄道反対派と手を組んで騒ぎ出したようだ」

「ま、柳橋の水運業界でハバを利かす『篠屋』が、賄賂を使って責任者《かしら》の井上勝を抱き込んで、深川十万坪の唐人淵の利権をタダで手に入れた……てなこってすかね」

と千吉は篠屋の者らに分かり易く、そんな身も蓋もない説明をした。

「何だい、それだけのこと？　あたしゃまた、旦那様が不敬罪で死刑になるかと思ったよ」

と説明を聞いたお簾は、せせら笑った。だが薄暗い帳場で、積み上げた座布団に寄りかかっている姿は、今もって半ば病人《なか》である。

「これっぽっちのことで、何でこんなに留置されるんだい」

「旦那さんが、認めねえからでしょう」

「何を？　篠屋が井上様を抱え込んでどこが悪い。ええ、あの宴会はたしかに、うちのご奉公だったよ。でも、旦那様は鉄道普及に大賛成だから、あれは激励のための壮行会みたいなもんだったんだよ」

　そこへ、お客様だった。

　帳場の出口にいた綾が立ち上がって玄関に出ると、行灯が仄明るく照らす三和土《たたき》に、四十を少し過ぎたくらいに見える痩身《そうしん》の男が、ヌッと立っている。

　綾は見たことのない初対面の客である。

「おいでなさいませ、雨はまだ止みませんか」

と、開け放した戸の外を覗くようにして言った。

「おかげで小降りになったようだが、おかみさんはおいでで？」

「はい、どちら様でございます？」

「『宮じま』の宮嶋です……」

「ええっ、深川の？」

「少し前に無罪放免になったんで、すぐこちらに報告に上がった次第で」

「あの失礼ですが、おたく様だけでございますか？」

　思わずのそんな言葉を、途中で呑み込んで、相手を上から下まで一瞬で見届けた。

たしかに眉が一直線で濃く凜々しいが、目の光も物腰も柔らかく、刀より算盤《そろばん》の似合いそうな風貌である。

「ああ、兄上はまだ残ってますが、無事だと伝えたくて……」

綾の心情を察してか、相手はすぐ付け足した。

「まあ、有難うございます、ただ今、呼んでまいります」

と立ち上がった時、このやり取りを帳場で聞いていたお簾が、奥からよろぼい出て来た。

「お話聞きましたよ。よく来てくれました」

と綾のそばに突っ立ったまま言い、まるで信じられないものを見るごとく、客人の姿に凝然《ぎょうぜん》と見入っている。

その視線に押されてか、周之助は思わずという感じで、少しも汚れていない小袖の袖を、奴凧《やっこだこ》のようにピンと張って見せた。

「着替えて来たんですよ。久しぶりに義姉上に会うのですから……」

苦笑を滲ませた頬はこけていたが、無精髭は生やしていない。おそらくどこかに寄って、身だしなみを整えたのだろうと綾は思った。

「まあ、ともかくお上がんなさいまし」

お簾は気を取り直したように言い、

「いろいろ訊きたい事もあるし……」

　と客人を帳場に案内した。

　そこには千吉も磯次も消え失せていて、先回りして長火鉢の熾火《おきび》を急いで掻き熾す、綾の姿があった。


「何はともあれ、出られて良うござんした」

　向かい合うと、お簾は硬い表情を崩さずに言った。

「旦那様は無事だってこと、信じていいんですね」

「無事も無事、まだ十日もたたないうちに、まるで牢名主《ろうなぬし》です。あの日、懐にたっぷり詰め込んで出かけたのが、幸いしたんでしょう。いかに地獄の伝馬牢でも、ああいう人は生き残りますよ」

「ああいう人って？」

「ま、人間力ってやつですか、ははは……」

　その少し掠れた笑い声を聞いて、強張《こわば》っていたお簾の顔にも、久しぶりに笑みが戻った。

「まずは祝杯をあげなくちゃ……。早く深川に無事の顔を出したいでしょうけど、ちょっといいわね？　後で船頭に送らせますから」

小降りになった戸外に、遠雷が響いていた。距離を測るように軽く耳をすませてから、お簾は言った。

「綾さん、薪さんに大至急お膳を頼んでおくれ。あ、ご酒《しゅ》は熱燗《あつかん》で先にね……」

七

綾が熱燗と肴を二つの膳に載せ、再び帳場に戻った時は、お簾は義弟とすっかり打ち解けていた。

盃を二、三杯たて続けに呷って、旨い……！　と唸り、気分が本調子になったのか、周之助はやおら座り直し、ガバと畳に両手をついた。

「義姉さん、このたびはまことに申し訳ありませんでした！」

「あらら、急にどうしちゃったの？　あたしには何が何だか……」

「うちのことで、篠屋にまで迷惑かけてしまって」

「そんなことはいいから、説明しておくれな。なぜあんただけ先に出られたのか」

「ああ、手前が放免になったのは、井上勝様のおかげでして」

と大きく頷いて、さらに盃を口に運んだ。

「どうやら井上公が、大演説したらしいですよ。多くの資料と、豊富な体験を駆使してね」

〝鉄道が通れば駅近くの街は寂《さび》れる……と諸君が考えているとしたら、大いなる間違いだ。西欧先進国をこの目で見て来た、この井上が断言する。それは時代遅れの、カビの生えた妄想である。どの駅にも、近くには必ず駅前商店が立ち並び、人が多く集まり、土地値がグンと上がる。それが世界の先進国の常識なのだ！〟

井上公はそうぶち上げた。

〝今回はそれを見越しての処遇であり、そこに私情など、付け入る隙など断じてない。さらに言えば、これからは個人の競争より、町全体の活性化を考えるべきではないか？〟

周之助の収賄容疑は、それで一気に晴れたという。

「なに、もともとが、ただの脅しですからね。問題は、兄貴の方でして。あちらの方はどうも厄介です」

幼いころから聞いていたのは、あの十万坪の一隅の唐人淵は、宮嶋家の祖先が、〝宮嶋新田〟として下賜《かし》された名誉の埋立地である。

だが初めは土地を改良し、田畑や川魚の養殖として活用したが、水害が続くとまた元の湿地帯に戻ってしまう。

そこへ清右衛門の切腹事件があって、一族は生計に追われ、あの地の活用を手がける者もいなかった。そんな唐人淵を見直したきっかけは、周之助が今回、深川に移住して初めて現状を知ったことだ。

幕末には、魚の養殖が下級武士の内職として盛んになったが、今では環境が飛躍的に整備され、さらに人気が集まっている。

中でも江戸期から観賞用に珍重《ちんちょう》されてきた金魚は、今や大衆的な人気となっていた。またすっぽんと鰻は、天然物の供給が追いつかないほど需要が伸び、養殖に適した土地の値も高騰していたのだ。

(あの土地は金になる)

と周之助の投機の血が騒いだ。

まずは土地の整地だけはして、人に貸そうと。

かの土地を高値で売り飛ばすことも考えた。

ところが土地の権利書である証文が、どこにも見つからない。

ここ何十年か滅びの道を辿って来た宮嶋家は、あちこちで崩れが生じている。だが一族の財産に関しては、父清右衛門が死を決意した時、すべてを長男に託したであろう。

その長男が死んで、周之助が家督を継いだ時は、財産は減っていたものの、刀剣、書画、陶器などの類が、多く譲られた。

だがなぜかその中に、唐人淵に関する書類はどこにもなかった。

もしかしたら長兄が生活苦のため、用人に命じて転売させたか？　そう疑ったが、その用人はとうに辞めて消息も分からない。

富五郎に相談したところ、こんな言葉が返ってきた。

「あの唐人淵は、ご先祖がお上から頂いた土地だからこそ、大事に思ってきたんだ。売ったとて、幾らにもならんかったろう。そもそも、金魚ごときがそんなに儲かるのかい？　深川十万坪はもともと、江戸のゴミ捨て場だった。それが多少、改良されたからといって、大雨や台風は来ねえのかい？」

「兄上は古いですよ！」

周之助は呆れて言い返した。ずれきっている！

「あの辺りに一度行って見ていただきたい。深川のあの辺りは池がどんどん掘られ、今は池だらけだ」

「……まあ、どうしてもと言うなら、旧幕府の土地台帳に、何らかの記載があるかどうか調べるこった、もっとも〝調べられたら〟の話だが」

……なければ金魚は諦めろ、と兄は言いたかったのだ。

武士出身の周之助が、呉服店と金魚養殖を同時に取り組んでも、必ずや一つは失敗するだろうと。

とはいえ数日後、富五郎は、船宿組合の案件で大蔵省の役人に会う機会があり、ついでに唐人淵の一件を伺い立ててみた。すなわち証文がなければ、活用出来ないかと。若い役人は首を傾げ、土地問題については今はまだ確言出来ない、と曖昧な返事だった。

だがそれからしばらくたったある日突然、一通の書状が舞い込んだ。唐人淵は安堵されたから、手続きのため当事者の周之助ともども出頭されたし、と。

半信半疑で出頭して話を聞いてみると、その役人はどうやら土地台帳まで手が回らず、話をうやむやにする気でいたらしい。

ところがたまたま井上公に面談の機会があった時、先日富五郎から訊かれた件を、土地問題の一例として話してみた。すると井上公があれこれ質問するので、つい富五郎の名前まで明らかにした。

その数日後に井上公に呼ばれ、土地は安堵したと言われたという。

最近は土地の調査が行われないため、台帳は不正確だからと、井上公が奥の手で処理したらしい。証文は紛失しても代々からの口伝《くでん》があり、土地の活用を望む者がいるのは、国にとっては有難いことだと。

「自分はほぼ諦めてたのに、そこが兄上の人徳ですわ」

と周之助は笑った。

「井上公にお礼したいが、疑われてもまずいからと、兄は〝献納金《けんのうきん》〟として鉄道事業に献金したんです。それでも賄賂とか何とか叩かれるんだから、世の中、難しい」

「で、これからどうなるの？」

「井上公の仰せの通りであり、どこにも問題はないと兄は言ってますよ。ああ、兄上からは、こう言付《ことづ》かって来ましたよ、心配するな、もうすぐ帰るって」

「…………」

「どうであれ、うちはもう借金して、唐人淵に設備投資してるんです。まあ、これから何を言われても、気にせんつもりですよ」

その時、小降りになったはずの雨が再び屋根を打つ音が聞こえた。突然、頭上でガラガラッと雷鳴が激しく炸裂《さくれつ》した。

風も出てきたか、行灯の灯が微かに揺らいだ。思わずお簾は目を上げ、宙を見つめた。何か不吉なものが、通り過ぎたような気がしたのだ。

雷鳴はその後も二度ほど轟《とどろ》いて、遠のいて行った。

「この雨だもの、今夜は泊まってお行きな。朝方にでも舟を出しますから」

「いや、帰ります……」

周之助は、腰をふらつかせながら立ち上がった。

八

「綾さん……ちょっと起きてくれ」

女中部屋の外で、そんな甚八の低い声が聞こえた。

雷鳴から二日たった夜の、寝入りばなのことである。

「外に船頭どもが集まってるんだ」

そのせっぱ詰まった口調に、綾は急いで身仕舞いして、半纏を羽織って部屋を出た。

ついお簾の部屋の方を見たが、廊下は真っ暗で起きてくる気配もない。

お簾は今日も具合が悪いらしく、部屋から出てこなかったのだ。

台所へ出ると、甚八が待ちきれないように土間に立ってこちらを見ていた。

「起こしちまってすまん、舟を出してるのは弥助と勇作だから、ろくなこっちゃねえ」

二人とも正義感の強い若者だが、血気盛んで腕っ節も強く、口より先に手が出る。おまけに櫓漕ぎが自慢の、喧嘩好きだった。

その二人が中心ならば、何が起こったか察しがつく。

先日、屋根船に周之助を乗せ、雨の中を深川まで送ったのは、この二人である。二人の話では、門前町の『宮じま』まで客人を送り届けたところ、女房が飛び出して来て、たんまりとお捻りをくれたという。

二人はその帰路、深川の船頭仲間を居酒屋に呼び出し、巷《ちまた》に乱れ飛ぶ噂を、さらに詳しく聞き込んだのである。

司法省に『宮じま』の不正を訴えたのは、深川の問屋組合と、新橋の鉄道反対派だったというものだ。

「なに、深川の問屋組合たって、親玉は『近江屋《おうみや》』だ」

近江屋は深川一の大呉服店だが、縦横《じゅうおう》に運河が走る深川で、さらに水運も広く手がけていた。近年は大半を蒸気船に変えて、手漕ぎの船頭らを蹴散らしている。

そうした背景を摑んだ弥助は、仲間を募《つの》って十人ばかり集めた。

船頭らは往年の腹いせに殴り込みをかけることに賛同し、気勢をあげたらしい。

「つまりね、これから、近江屋に殴り込みをかけるそうで」

下に集まっているのは、この界隈から集めた七、八隻で、船頭が十人前後。深川には十人近くが待機していて、総勢二十人は下らないと。

「磯さんはどこ?」

綾は思わず険しい口調で叫んだ。

「今夜はたぶん両国橋だろうから、今、千吉が呼びに行ってる」

「私は何をすればいい?」

「ともかく二人が帰るまで、連中を引き止めてほしい。わしは一発食らって、足腰がふらつくでな」

綾は手桶に水を汲んで左手に提げ、右手に提灯を持った。

外に出ると夜気はひどく冷たく、頭上に雲が垂れ込めて真っ暗だった。それでも船着場に繋がれた舟の舟燈《せんとう》がいくつか、ぼんやりと辺りを照らしている。

「そこにいるのは、弥助さん?」

近寄って提灯を翳《かざ》しながら誰何《すいか》したが、返事はない。

川に浮かぶ舟は数隻で、さらに数隻が繋がれていて、船着場には棒を手にした数人が、影のように屯《たむろ》していた。

そろそろと近寄っていくと、

「近寄るな！」

と声がしてガッチリした体に半纏を纏った弥助が、灯りの中に現れた。

「おやじさんを訴えた野郎が分かったんだ」

「だからってこんな夜中に集まって、何をするの？」

「夜中でなけりゃ出来ねえことをやるだけだ。これで黙ってるのは男じゃねえ」

「あんたはいつだって男らしいのに、舟を降りるとおかしくなる。少し頭を冷やして考えたらどう？」

綾は小走りに近寄り、柄杓《ひしゃく》で桶から水を掬《すく》い、その顔にかけまくった。

「な、何をするんだよ、このバカ、余計な口出しするな！」

「バカで悪かったね、篠屋を潰す気だったら好きにおやり！」

と残りの水をドッと桶ごとかけた時、駆け寄ってくる足音がして、磯次の声が飛んで来た。

「てめえら、死にてえか！」

声を圧《お》し殺してはいるが、えらい剣幕だった。

「こんなに舟を集めやがって、この大馬鹿野郎どもが！　ポリスが手ぐすね引いてるのを知らんのか。もうすぐ政府テンプク罪とやらで、邏卒がすっ飛んでくるぞ、早く散れ、散れ！」

川面に浮かんでいた舟は、てんでに口笛を吹いたり舟燈を回したりしながら散って行き、篠屋の舟だけが残った。磯次は仁王立ちになって目をギラつかせ、拳骨《げんこつ》を撫で回しながら闇を窺った。

「張っ倒されてえのは、弥助と勇作だな。ようし、一列に並んで、奥歯を噛みしめろ！」

バシッ、バシッと平手で頬を張る肉音を背後に聞いて、綾は篠屋の断末魔の音のような気がした。

翌朝、珍しく早くから帳場にいたお簾は、綾がご飯前の白湯を運んで行くと、一口啜って顔も上げずに言った。

「綾さん、ご飯が済んだら出かけるよ」

「あらッ、どちらへ？　大丈夫ですか？」

「ええ、あんたに付いて来てもらうから」

昨夜、あれから部屋に戻ると、お簾が廊下を足を忍ばせてやって来たのである。

「外で今、何があったの？」

と訊かれ、見た通りの船頭らの反乱を伝えたのだが、それで何か心に期すものがあったらしい。

「旦那様は何を考えておいでか知らないが、あたしはもう、自分が思うようにやるっきゃない。あんたは黙って、あたしについておいで」

二人が身仕舞いして、磯次の漕ぐ屋根船に乗ったのは、正午まであと半刻という頃合いだった。

九

よく晴れて、雲ひとつない青空が広がっていた。

おかみが指示した目的地は、竪川《たてかわ》にある亀戸村《かめいどむら》に向かう船着場だ。

ここで降ろしておくれ、と。

「なに、行き先はすぐ近くだけど、帰りは一刻（二時間）後とみておいておくれ。そうそう、対岸《むかい》の大島《おおしま》側には五百羅漢寺《ごひゃくらかんじ》があるから、見物でもしてたらどう？」

と磯次に勧めたが、自分がどこへ行くかは言わない。

何か考え込んで、ほとんど口をきかなかった。肉付きのいい体に濃緑色の袷《あわせ》の江戸小紋と、黒紋付を羽織り、紫色のお高祖頭巾《こそずきん》を頭から被っている。

田舎道を日和下駄《ひよりげた》で歩くため、履き替えの白足袋を綾に用意させたところをみると、これから会う相手が気の張る人物だろうと思われた。

お簾は先に立って、船着場から上がった。

川沿いの道端に座り込んだ野菜の露天商が、馬を引きながら通りかかった馬子《まご》を相手に、声高に喋っている。

だがその道を渡って、亀戸村に向かう田舎道に踏み入ると、人影は全くなくなった。

枯れ枯れした田畑がどこまでも続き、頭上に高く上った正午の陽が、眩《まぶ》しい日差しを頭上から注いでくる。

木や雑木林も見えないのに、チチ、チッ……とどこかでしきりに小鳥が囀《さえず》っていた。

甘い和菓子と小物の入った包みを腕に抱え、おかみの後を追う綾は溜息を吐《つ》いた。こんな長閑《のどか》な道を辿るのは、何年ぶりになるだろうと。

昔、こんな田舎道を、父に連れられて歩いた記憶がおぼろに甦る。

その時も沿道には花々が咲き乱れていたのに、父は、お簾と同じように、目もくれずにせかせかと先を急いでいたっけ。何があったか、前後の記憶は全くない。

しばらく行くと三叉路《さんさろ》になり、両側にポツリポツリと農家が点在する道路と、薄《すすき》ばかりが群れる小道に分かれ、お簾は右手の薄の茂る道へ分け入っていく。

道の入り口に立つ小さな石碑に、綾はハッと目をとめた。

(花恩寺《かおんじ》？)

「おかみさん、ここに花恩寺と刻まれてますけど、もしかしたら尼寺でしょうか？」

思わずそう声をかけると、お簾は歩を止めて前方を指差した。彼方《かなた》に目をやると、黒っぽく雑木林が続く中に瓦屋根が光っている。

「そう、ほら、屋根が見えてる所、そこが尼寺です。花恩寺という名からして、そんな感じがするでしょ」

と、この時になって初めて、お簾は明かしたのである。

「庵主《あんじゅ》様は、旦那様のご生母のお紺様……。今は清心尼《せいしんに》様です」

義母のお紺についてお簾は、富五郎から聞いたことがある。

夫の切腹後しばらくして髪を下ろし、どこぞの廃寺《はいじ》を譲り受け、庵主として亡夫の菩提《ぼだい》を弔って生きていると。

だが剃髪《ていはつ》してから、家族の誰もその寺を訪わぬよう、場所を言わなかった。宮嶋家との行き来も、亡夫と長男の年忌法要（一周忌、三回忌、七回忌……）にのみ限られたという。

実は昨夜綾の部屋から寝室に戻ると、ふとその事で思い出したことがあり、箪笥《たんす》の抽斗《ひきだし》を開いて保存してある和紙を探し出したのだ。

手にした和紙は、そんな何周忌だかの法事でもらった和菓子の箱の包み紙で、〝亀戸花恩寺　清心〟と美しい字で書かれていた。

十

「あたしは姑《しゆうとめ》様には嫌われてるから、会ってくれないかもしれない」

古寂《ふるさび》た門を入り、枯葉が浮く池を回って、陽のささぬ庫裏《くり》の前に立った時、急にお簾は弱気な声で言った。

だから門前払いを予想して、あらかじめお紺に宛てた小文を綴《つづ》ってきたという。引き戸を開けて案内を請うと、若い尼が出てきた。

「庵主様にお会いになりたいのですね。御用件は何でしょう」

と用件を問われると、お簾は何も言わずにそれを差し出した。

そこには唐人淵の証文を巡る富五郎の危機と、証文の行方に心当たりがあれば教えていただきたい、と簡潔に記してあった。

尼はそれを持って奥に消え、間もなく出てきて、奥の数寄屋ふうの書院に二人を案内したのである。

綾も同席を許されて、お簾の後ろに座った。

思いがけなく〝その人〟はやがて現れ、火鉢を挟んで対座した。

香りのいい線香の香が漂う中、お簾はひれ伏すように頭を下げ、綾もそれにならった。

想像していたよりもずっと小柄で細々とし、もう七十近いはずなのに、年齢をあまり感じさせない美しい尼さんだった。

「遠うから来はってお疲れやろう。楽にしておくれやす」

と庵主は、ゆるゆるとした京言葉で、まるで初めて会う人のように客人をねぎらった。

ゆったりした白い尼頭巾に埋もれたその顔は、色白で目が細かった。

京言葉を操る形の良い口元は、微笑んでいるようにも、上方の人がよく言う〝いけず〟(意地悪)な笑いのようにも見える。

「あんたはんの手紙の趣旨は初めて知ったけど、ほんまどすか。富五郎どのは、ほんまにまだ帰らへんのですか」

「はい、もう十三日になるんでございます」

「たかが埋立地のことやのに、難儀なこっとすなあ」

「でも土地値は今、昔よりずっと上がってるそうでございまして」

昨夜一晩を一睡もしなかったお簾は、証文のことをつらつら考え、確信したのである。

かねがね考えていた通り、それはやはりお紺の手元にあると。

私心に惑わされず、清廉潔白に生きて来た清右衛門だが、死を前にして、愛妻に何か遺したいと考えたかもしれないではないか。

だが確信はなく、この訪問は賭けだった。

そんなお簾の悲愴《ひそう》な顔を見た清心尼は、またあの曖昧で皮肉な笑みを浮かべて言った。

「ああ、安心したらええ。結論を先に言いまひょ、証文はあんたはんの考え通り、私が預かってます」

まあ……とお簾は声にならぬ声を上げた。

イチかバチかの賭けに勝って相好《そうごう》を崩すお簾の顔を見つめて、清心尼は、淡々と言った。

「清右衛門様はたいそう律儀なお方で、私にこう遺言しなすったんどす」

「いいか、わしが死んだら宮嶋家は〝お家お取り潰し、所領地没収〟となろう。残された家族は皆、苦難の道を辿るのは必定だ。ただ唐人淵は名誉のお下げ渡しゆえ、御沙汰はあるまい。今でこそ土地の価値は低いが、土堤《どて》が整備され、改良が進めば、田畑にも魚の養殖にも活用されよう。この土地には未来があるのだ。何より宮嶋新田は我が家の名誉。家が滅んでも、名誉は守らねばならぬ。

だが貧すれば鈍すと申す通り、困窮のすえ土地を二束三文で売り飛ばそうとする不届き者が、必ずや出るだろう。それゆえわしは証文をそなたに預け、そなたの目の黒いうちだけでも、宮嶋の名誉を守ってもらいたい。もし売ろうとする者がいたら、決して渡してはならん。そなたがみまかる時が来たら、そなたがいいと思う者へこれを渡せ」

話し終えて清心尼は、ぼんやりした視線を宙に彷徨《さまよ》わせた。

「まさに旦那様のお考え通りや……今はその通りになりました」

「そうでございましたか。お紺様のおかげで、宮嶋家は無事、維新を越えられたのですね」

「いえ、私はただ預かっていただけ。何もしてまへんえ。ただ、本家が深川に移ってからでしたか……」

当主の周之助が引越しの挨拶にやって来て、唐人淵の証文を探しているが、もしかしてこちらにないか、と訊ねたという。

「いえね、昔、家にいた用人の荒木《あらき》を探し出しましてね。訊いたところ、母上のもとではないかと申したのです」

「はい、たしかに私が預かってます」

隠す必要もないことと、義母のお紺はありのまま答えた。

「けど……ただ、何に使うんどすか」

「いやいや、当面、何も考えてません。ただ念のためですよ。手前は呉服屋で手一杯ですから」

と周之助は肩をすくめて笑って言った。

「ただ、父上は死に迫られての混乱で、そうなされたのでござろう。ですが、証文は本家に相続されるべきもの。ようやく探し当てた以上、いずれは本家に戻していただきたいと……」

するとを清心尼は遮って、軽い笑声を上げた。

「周之助どのは、勘違いしておいでどすなあ。父上が唐人淵を、私に譲りはったんやと……。ほほほ、そんなんあらしまへん。ええ、私は今まで、花一本石ころ一つ頂いとりまへんえ。ええ、この寺も、私のなけなしで調達したんどす。でも唐人淵は、私に託されました。いえ、私が何一つ頂くわけじゃあらしまへん、この唐人淵を譲る相手の選択を、任されておるんどす。書状もあると申すと、ほほほ、黙って帰って行きはりました」

言い終えて一息ついたところへ、若い尼が茶を運んできた。清心尼は茶碗を手にして静かに啜った。

十一

「あの、横から失礼申し上げます……」

と思わず声を上げたのは、綾だった。

「それは最近のことでございますか？」

「いえ……鉄道敷設が始まった年のこと。あれは三年前やから、明治二年のことどすな」

綾の耳に、ガラガラッと雷鳴が轟いた。

周之助様は、証文の在り処を知っていたのだ。

ならば、兄富五郎になぜそう言わなかったのだろう。

なぜ先日篠屋に現れた時、お簾にそれを言わなかったのか？

なぜ兄のために動こうとしないのか？

なぜ、なぜ、なぜ……と疑問が次から次へと湧いて、謎と疑念で頭が膨らんではち切れそうになった。思わず、〝周之助様はお兄様を騙しておられます〟ととんでもないことを口走りそうになった。

「では、証文は本家に戻らなかったのでございますか？」

とその時、お簾の落ち着いた声がした。

「ええ、その時お断りしたんどす。たしかに預かってはいるけど、いま手元にあらしまへんとも……。周之助どののお気持ちが、いま一つ分かりまへんのでね。それきり、ここには見えはりません。私はもう長《なご》うは生きられしまへんから、放っておいても、いずれ本家に戻ると考えてはるんやろねえ」

「では、今は……」

「ええ、手元《ここ》にありますえ」

言って懐から、一通の古ぼけた封書を取り出したのである。

「もちろんこれは私のものでなく宮嶋家のもの。奉行所には、周之助どのの手で届けるのが筋やろうけど……」

封書に向けられていた三人の視線が、一瞬、宙で絡み合った。

あの……と綾が膝を乗り出した。もし周之助の手で奉行所に届けるなら、本家まで届け、さらに奉行所までつき添う役目を、この綾に仰せつけくださいと言おうとしたのだ。

だが相手は、でも……と続けた。

「でも、本家まで回るのは手間と時間がかかり過ぎまひょ。もし当主が留守やったらどないしはる？」

であれば、それを預かっているこの尼が直接、奉行所に届けるのがよろしかろう。

だがこのような鄙にいて、足腰立たぬ老尼であれば、すぐにはそれも叶わぬ身。

「正直に言いまひょ。私は、お簾はんに奉行所に届けてもらい、一刻も早く富五郎どのを救ってあげてほしいんどすえ」

と清心尼は穏やかに言った。

お簾は涙して、畳に両手をついた。

「有難う存じます。義母上様にそう頼まれましたのなら、ぜひそう致したく……。はい、これからすぐにも参りとうございます」

清心尼から預かった証文と、奉行宛てに一筆書いてくれた書状とを手に、日が暮れぬうちにと、二人は挨拶もそこそこに寺を出た。

有難いことに、花恩寺と亀戸村への分岐点の辺りに、あの磯次の大きな姿があった。

磯次は勧められた五百羅漢寺には行かず、舟にいつも積んでいる地図をめくって、お簾が入っていった道の先に花恩寺の字を見つけ、ここだろうと見当をつけたのである。

無事に再び船上の人となったお簾には、生気が漲《みなぎ》っていた。

「……たしかに周さんの行動は辻褄が合わない」

とお簾は言う。

「でも私らが今あれこれ臆測するより、旦那様から事情を聞いた上で判断した方がいい。今は旦那様の早いお帰りだけ、考えましょ」

「はい」

と綾は慎ましく答えた。

だが内心まったく納得していない。

穏やかな川面を見ても、追い越して行く蒸気船を見ても、周之助のあの裏腹な振舞いの意味を、突き詰めずにはいられなかった。

井上勝が、証文がないのに土地を安堵したのは、富五郎が裏で画策をしたからだと批判され、追い込まれている。

収賄の疑いがかけられた富五郎は、世間的な評判を落とし、社会的な信用を失うことだろう。

周之助の狙いは、富五郎を失脚させることか？

だが綾には、なお信じられない。貧しかった宮嶋家の危機を生き抜き、維新を乗り切って、町人である兄を頼りに新しい明治の世に踏み出した弟が、なぜ急にそんな苦い選択をしたのか。

さらに裏で、何か大きな力が動いたか？

富五郎は新政府に立てつく江戸っ子気質で知られ、自立の気風の強い地元に、強い影響力を持っている。そんな厄介な男を骨抜きにする代わりに、今後の『宮じま』の発展や唐人淵の新しい利権を保証する……。

そうした悪魔の囁きに、貧乏を長く続けてきた周之助は魅せられ、越えてはならぬ淵を越えてしまったか。

大きなその黒い影は急激にこの東京を覆い、翼の下に捉えた獲物を、自在に動かそうとしている。綾は思わず目を閉じた。

あの陸蒸気がもくもくと白煙を吐き散らし、こちらに向かって驀進してくる幻影を、綾も見たのである。

「ふーむ」

話を聞いて、五兵衛は深く唸った。

磯次の漕ぐ舟は神田川を遡って浅草橋まで行くが、綾は手前の両国橋で降ろしてもらった。ここから人力車で行った方が早い。五兵衛に一刻も早くこの経緯を知らせたく、お簾もそれを勧めたのである。

綾の話を聞くと、五兵衛はそれを疑わなかった。

「まさに電光石火の変わり身だな。お内儀さんの実家の田町の店は、奉公人四、五人、間口三間の呉服屋だったが……」

鉄道敷設のおかげで、今は門前町の表通りに店を持った。敷地二百坪、間口六間の大店で、店名も『宮じま』と変え、奉公人は三十人を超えている。

「すぐに投機の対象として唐人淵に目をつけたのは、さすがだが、その背後には……」

と五兵衛は首を傾げ腕組みをした。

「ま、いずれハッキリしようが、裏にはおそらく……」

自分の言葉に五兵衛は小さく頷いて、最後まで言わなかった。

十二

「……オイオイ、てめえら、真ッ昼間から何をやっておる！」

突然、そんな怒鳴り声が頭から降ってきた。

船頭部屋で将棋盤を囲んでいた船頭らは、腰を抜かさんばかりに驚き、畳に尻餅をついて後退った。

その声が、今は留守中のさる人物によく似ていたのだ。

「こらッ、そこで昼間ッから材木のように寝ころんでおるのは、竜太か、表へ出ろ！」

恐ろしい怒鳴り声に竜太は飛び起きて、目を剝《む》いた。

入り口に仁王立ちで突っ立っているのは、どう見ても獄中のはずの富五郎ではないか。顔は日当たりが悪そうに青ざめ艶がないが、破《わ》れ鐘《がね》のような声や、強い目の光は少しも衰えてはいない。

「だ、旦那様、どうしなすった！」

奥から飛び出してきたのは、番頭の甚八だった。

「何だ、その言い方は。自分の家に帰っちゃ悪いのか。脱獄したわけでも、幽霊になったわけでもねえんだ。主人がちょっと留守したくれえで、てめえらはこうもなるもんか！」

そこへ声を聞きつけて、お簾も転がるように飛び出してきた。

「まあ、お前さん、早いお帰りじゃないか！」

その後から、綾もお孝と共に駆けつけ、お簾の背後から首を出した。どこかへ出かけている千吉と、客を乗せて遠方に出た磯次の他は、全員が顔を揃えていた。

「お帰りなさいませ」「おめでとうございます」

……の口々の言葉と、皆の好奇の眼差しを一斉に浴びて、富五郎は一瞬戸惑ったようだ。この時ばかりは口ごもる富五郎を、お簾が救った。

「挨拶なんて後、後……、ともかく出られてようござんした」

とお簾は帳場に引っ張って行き、押し込んだのだ。

「いや、昼飯前に急に呼ばれて、いきなり無罪放免と……」

そんな馴染深い富五郎の声を耳に、綾とお孝は、お茶の準備のために台所に戻る。

だがすぐに、お簾の機嫌が良い時の甲高い声が、追いかけてきた。

「お孝さーん、旦那様の着替えを出しておくれ。これからそこの金瓶湯《きんぺいゆ》で、一風呂浴びて来なさるんだって。薪さん、ちょっと来て……。旦那様から、夕飯に何を食べたいか訊いておくれ」

酒盛りは日が暮れるころから始まった。

宴会の場所は、毎朝毎晩てんでに膳を並べて食事をとる、台所の板敷の十畳間だった。

富五郎はその正面にどっかりと陣取り、無罪放免となった理由をこう語った。

自分は新政府からある嫌疑を受けたが、尼寺にいる実母をお簾が訪ねて、証言を得たことで、誤解を解くことが出来たと。

昼過ぎにお白州に呼ばれて出てみると、弟の周之助も呼ばれて出頭しており、今まで行方不明だった証文が、母の尼寺にあったと聞かされた。証文はお奉行が確認した後、奉行所で預かり、一件落着《らくちゃく》したという。

「自分の不注意から、店に迷惑をかけてすまなかった。皆のおかげで事なきを得た。今夜は、遠慮なく飲んでくれ」

富五郎が、風呂上がりの顔を紅潮させて言うと、頃合いを見て千吉が言った。

「獄中《なか》にいた気分はどうすか？」

「獄中の気分？　そりゃ……シャバじゃなかなかお目にかかれねえ連中と、毎日顔を突き合わせるのもオツなもんだ」

「例えばどんな御仁で？」

「千のやつ、取材が上手くなったな。うーん、わしは町人牢だったが、何故か全身みっちり入れ墨してる兄さんがいた。この男に旦那と呼ばれ、仁義を切られた時は、ちと胸が騒いだね」

ワッと笑声が上がった。

やがて磯次も加わって、やっと宴もたけなわとなり、余興に江戸小唄『船《ふね》に船頭《せんどう》』を口ずさむ者がいた。

するとお簾は急いで帳場から三味線を持ち出して来て、巧みに伴奏をつけた。

綾はお運びで、何度もさりげなく席を立っては台所と往復した。

何度目かに台所に立って、熱燗の支度をしていると、誰かの足音が廊下に聞こえた。

「綾、ちょっと……」

と低く声をかけて来たのは、思いがけなく富五郎である。手振りで外に出るよう合図して、さりげなく通り過ぎて行く。

（いよいよあの話だ）

胸が詰まった。手を洗って手拭いでよく拭き、髷を軽く直して、勝手口から外に出る。冷たい夜風が、少しばかりの酒と座の熱気で火照《ほて》る肌を、心地よくなでた。

「忙しいところ呼び立てて悪かった」

富五郎はすでに外に出ており、玄関前に置かれている、舟待ちの竹製の長椅子に、どっかりと座っていた。

「まあ、ここにお座り。ちょっと話してえことがある」

綾は少し離れて座ったが、本当は富五郎にむしゃぶりついて泣きたい気がした。だが、弟に裏切られた旦那様は、自分よりもっと泣きたいだろうと思いやった。

「ああ、酔っ払いが、こんな薄暗い所で美女に引っついてちゃ、また別の嫌疑でしょっ引かれそうだ。いや、お簾には断って来たがな」

と富五郎は冗談を飛ばし、滅法《めっぽう》明るいのが気味悪い。

「そんなわけで、詳しくは明日ゆっくり話す。ただ一刻も早く、一言だけでも、伝えておきたいのだ」

「…………」

何を言われるかと綾は身を固くし、後退る思いである。

「訊きてえことが一つあるんだ。兄上の名前は何といったかね？」

「は？」

一瞬、背筋を震えが走った。なぜそんなことを？

「兄の名前ですか……？」

声が掠れ、唾を飲み込んだ。

「幸太郎……大石《おおいし》幸太郎と申しますが」

「幸いと書いて、幸太郎だね？　なるほど間違いなかろう」

と富治郎は頷いた。

「いや、獄中で親しくなった男から、偶然、兄上らしい人物の消息を聞いたんだ。それが、字は分からんがコウ先生と呼ばれていた、ウイリス先生のお弟子だった」

(兄が生きている?)

初めて綾は目を大きく見開いて、酒に潤んだ富五郎の顔を見返した。

気分がにわかに高揚したものの、その反面、痛ましい気がした。

(では旦那様はご舎弟《しやてい》の裏切りをまだご存じないか)

「ただ、今どこにいるかは分からんが、今度こそ、探し当てなくちゃいかんぞ……。お手本は、八重嬢だ。あの会津のお転婆娘を見習え。お前は、ここに長くいる人間じゃねえ。もっと別の世界がある」

富五郎は笑いながら言って立ち上がったが、そのまま玄関に向かおうとして、ふと振り返った。

「ああ、証文は、お奉行から母に返されると聞いた。父上はあの当時から、今を見通しておったと思うと、胸に迫るものがある」

「あの、周之助様のことは……」

「うん、さまざまな不審が、それでやっと腑に落ちた。ただ、いましばらく様子を見るしかなかろう」

そう言って玄関に入っていく後ろ姿を見送って、少し痩せたように感じたのは気のせいだったか。

お簾の弾く三味線の音がまた、奥から流れてくる。

第四話　天璋院《てんしょういん》様お成り

一

のっそりと大きくて、左耳のないその男を、牢役人はゲンゾウと呼んでいた。どういう字を書くかは分からない。

「ゲンさん、どこの生まれだね」

と同房の富五郎が問うと、いつも無口のその男が口をきいた。

「江戸ではありましょうが、実はよく分かんねえんでして。小網町《こあみちょう》辺りの河原に捨てられてたと……」

たまたま見かけた近くの老人が拾って、育ててくれたという。

その老人は人形作りで、人形修理師でもあったから、ゲンゾウは師匠と呼んだ。独り住まいのその狭い寓居《ぐうきょ》には、どこにも壊れた人形の頭や胴が置かれていて、足の踏み場もなかったという。

「捨て子をわざわざ拾うなんぞ、師匠も気の利《き》かねえことをしたもんだ……と大人になっておれは言ったことがある。すると師匠が言うには、泣きもしねえで転がってるんで、壊れた人形と間違えたんだと」


十二月に入って間もないその日――。

人でごった返す人形町《にんぎょうちょう》通りを、綾はかき分けるように進んだ。

混み合う中にわざわざ割り込んで来て、エイホウ……と駆け抜けていく駕籠、屋台からの呼び込みの声、鼻先を掠める醤油の焦げる甘辛い匂い……。そういえば、とやっと綾は気が付いた。

今日は、水天宮《すいてんぐう》様の縁日だったたっけ。

それにしても何という変わりようだ。最近までのこの町の寂れようが、嘘のような賑わいである。

富五郎がよく言ったものだ。わしが若かった時分は、この町には歌舞伎の芝居小屋をはじめ、見世物小屋、陰間茶屋《かげまぢゃや》、遊女屋などが立ち並び、昼も夜もそれは華やかだったと。

「文政生まれのわしは、人形町で育ったんさ。朝は魚河岸、昼は芝居、夜は遊女屋と、一日中、遊びにこと欠かなかったよ。おまけに城のお膝元だから、武士も商人も入り混じり、迎える葭町芸者も芸達者でおきゃんで、そりゃァ活気があった」

ところが天保の改革で〝公序良俗に反する〟とされ、何もかもが浅草に移されて、火が消えたようになった。

それがここまで息を吹き返したのは、この明治五年初め、三田赤羽《みたあかばね》の久留米《くるめ》藩邸が、水天宮を奉じて引っ越して来たご利益だった。

〝おすいてんぐさま〟は安産子授けの神様で、江戸っ子の篤《あつ》い信仰を集めていたから、五日の縁日には、参詣客がどっと押しかけるのだ。

選《よ》りに選ってそんな日に出てきたのは、綾がうわの空だったからである。

「かのゲンゾウは、水天宮近くの人形師の家にいるはずだ」

天気がいい日が続いた昨今、富五郎からそう聞いていた綾は、とうとう会いに行こうと思いたった。だがそう言うと、富五郎は首を傾げた。

「しかし、余所者《よそもの》が行ってもあの辺りは分かるめえよ」

表の明るい賑わいに比して、裏町は深く入り組み、人けもないので危険だと。聞ける話はすでに獄中で聞いており、あれ以上のことは聞き出せまい。いずれ連絡すると言ったからもう少し待て……と。

だが兄と現実に接触した人物がいるのなら、会って話を聞いてみたいではないか。たとえ結果は期待出来なくても、兄がどんな顔をしていてどんな声で話したか、その手触りを知りたかった。

獄中で富五郎が聞いた話とは――。

たまたま富三郎が入獄するのと前後し、その片耳のない大男が入って来た。無口で容貌が恐ろしく、誰も口をきかない。そのくせ陰では、〝黙り込みのゲン〟とあだ名をつけていた。

その男と親しくなったのは、いつも富五郎のそばにいる若い男が、ああ、おれももう三十だ、と慨嘆したのが始まりだった。店の金を使い込んで入れ揚げた芸者に振られ、殺そうとして捕まった家具問屋の番頭である。

「三十か。人生の折り返し点だな」

と富五郎が何気なく返すと、元番頭は掠れ声でせせら笑った。

「あいにく俺には、折り返す先などどこにもねえすよ」

「いや、ある」

突然口をきいた黙り込みのゲンを、皆はギョッとして見た。

「わしは何度も死にかけたが、兄さんと同じ三十で撃たれ、一度死んだ身だ。あんたも一度死ぬことだ」

十八で、小網町の人形修理師の家を飛び出しており、その時三十歳。同志と共に外国人を暗殺するためだった。

幕末のころは、アメリカ公使館通訳のヘンリー・ヒュースケンをはじめ、多くの外国人が攘夷党に襲われ命を落としたのだ。

ゲンゾウらが狙ったのは、横濱野毛《のげ》に設けられた新政府軍〝軍陣《ぐんじん》病院〟の院長ウイリアム・ウイリスである。個人的な恨みはないが、〝患者に敵も味方もない〟と偽善的なことをほざく外人医師を、当座の目標とした。

あちこちに潜伏し、後をつけて機会を狙ったが、横濱では警戒が厳重でなかなか好機を得られない。むしろ敵の真っ只中の、神田小川町の野戦病院辺りの方が、警備がゆるいということが分かった。

ドクターと尊称されるウイリスは、時々、数人の弟子を率いてこの野戦病院を訪れ、市外市中の小競り合いで負傷した患者の治療にあたる。また手術の現場に蘭方医らを立ち合わせ、実地指導もした。

そうした任務を終え、船に乗り込むところを待ち伏せし、八人で襲いかかったのだ。初めて間近に見るウイリスは、予想に反し、仰ぎ見る堂々たる巨漢だった。

「お命頂戴つかまつる！」

と叫んで刀をかざして駆け寄った時、ハッと振り向いたドクターの青い瞳が、真っ青な燐光《りんこう》を放ったように見えた。

その師を囲むように歩いていた日本人医師が、とっさに抜刀して果敢に立ち向かい、静かだった桟橋に刀の打ち合う音を響かせた。

すぐに銃の発射音が続いた。列の前後にいた騎馬護衛兵数人と、船から飛び出してきた船員が銃を構え、撃ったのだ。

乱闘は長く続かなかった。たちどころに何人かが撃たれて倒れ、斬り伏せられて、目の前でのたうった。木陰に隠しておいた馬で逃げおおせたのは、わずか二人。二人が銃弾に倒れて即死、刀傷を負った三人が新政府方に囚われた。

船で横濱の軍陣病院に運ばれたのは、銃創を負った一人だけ。耳を吹っ飛ばされて気を失ったゲンゾウである。

「……頭すれすれに飛んできた弾が、左耳を持ち去りやがった、どくどく血が流れた。目の前に地獄の門が開いて、ああ、これで最後だと思い、わしは門の奥の暗闇に向かって歩き出した……」

　だが気が付いたのは同病院の手術室だった。

　執刀はドクターだったらしいが、よく覚えていない。

　その助手が一晩中、寝ずに付き添ってくれたのが、鮮明に記憶に残っている。小川町野戦病院でウイリスに付き添い、乱闘の時も刀を抜いて応戦していた、痩身の医師である。

　熱が出ると冷やし、汗にまみれると拭き、唸り声を上げると薬を飲ませた。二、三日して少し食欲が回復すると、喉ごしのいい甘い飲み物を飲ませてくれた。

　この医師が死の門を潜りかけた自分を、引き戻してくれたと思った。

　しかし尊師《そんし》を殺そうとして斬りかかった兇漢《きょうかん》を、この男はどうしてそこまでして助けるのか。

　薩摩藩士などは、敵方の負傷者は決して助けず皆殺しにすると聞いており、もっともだと思っていたゲンゾウである。

　だがこの医師もウイリスも、そうは思わない。それがどうにも謎で、傷が癒えてからも心に残った。三十五になった今、それが自分の折り返し点だったと思えるのだ。

「ゲンさんよ、つかぬ事を訊くようだが、その医師はそれからどうなったかね？」

あることが閃いて富五郎が乗り出して問うた。

「いや、それが分からんです。あの先生は、ある時、突然居なくなった。それから一か月して俺が退院するころは、病院は畳まれて江戸に移るとかで、誰もがバタバタしてて、ろくにドクターと話もしなかったんすよ」

「で、名前は何と？」

「いや、思えば、おれは一度も名を呼んだことがねえ。何しろドタバタと忙しい野戦病院だし、こっちも割れそうな頭痛が続いて、何も考えられなかった。ただ……皆はコウ先生と呼んでたっけな」

「なるほど。で、あんたは、病が癒えてから新政府軍に渡されたわけ？」

「いや、それがどうも、面目ねえ話で……」

とゲンゾウは目を剝いた。

「おれは天下一のドクターの命を狙った、凶悪犯だ。耳を吹っ飛ばされたくれえじゃ収まらんはず……。だがなぜか、何かの書類に署名させられただけで、特にご沙汰はなかったんだ。士族じゃねえってことで大目に見られたのと、ドクターの助言があったらしい」

富五郎が聞いたのは、そこまでだった。

それから五年たった今、ゲンゾウは何かの疑いでこの伝馬牢にぶち込まれ、十数日後に〝お構いなし〟で出されたのである。

別れの時に住まいを訊ねたが、風来坊だからと教えてくれなかった。

二

綾は人形町通りを、水天宮の手前で左に折れた。

喧騒《けんそう》はたちまち遠のいて、湿った落ち葉の匂いがムッと鼻をおおう。

あらかじめ千吉に頼み、人形修理師の家が多く集まる辺りを調べてもらったが、二、三ケ所あるそんな地域は、門構えの元大名屋敷ばかりという。

だが綾はとりあえずその区域まで行ってみたくて、富五郎の了解を得て、午後から休ませてもらったのだ。

水天宮の裏手に門を構える何軒かの古い屋敷は、たしかにいずれも武家屋敷で、門は立派で屋敷も庭も広かった。

御一新の後に一部は民間に売られたが、廃藩置県の直後では、まだ多くが人の住まぬ古寂た空き家になっているようだ。

そんな静かな通りを右を見、左を見ながら進んでいく。からりと晴れた冬空に、焚《た》き火の匂いが流れていた。何人もの職人らしい者らが荷を運び込んでいる古い屋敷の前で、焚き火をしていた。

「あの、この辺りにゲンゾウという人形修理師のお宅はありませんか」

と庭に入っていき、手近にいた老職人に訊いてみた。

「聞かねえな」

けんもほろろである。さらに何軒か覗いたが、人形とは関係なさそうな家ばかり。

「ゲンゾウ？」

と小柄な、ねじり鉢巻をした若者が、初めて聞き咎めてくれた。

聞いたことある……と若者は呟き、奥に向かって誰かを呼んだ。

「ねえ、兄貴、あの片耳の人形師、前はゲンゾウって名前だったかもしんねえな？」

「何言ってんだ、かもしんねえ……じゃねえ、ゲンさんだよ」

と中年の職人が、咳《せき》をしながら出て来て綾に言った。

「今はジョウタロウさんていうんだが、ここじゃねえぞ。小網町だ。人形町通りに出て、日本橋川の方角へ入《へ》ェりなせえ」

「そのジョウタロウとは、どんな字ですか？」

すると〝丈太郎〟という漢字を手のひらに書いて見せ、また呟き込んだ。

「先代が、〝丈太郎〟てぇ看板を出す、名の知れた人形師だったんだ。その爺さんは三年前に亡くなって、ゲンさんがその名を継いだってわけだよ。もっとも本人はどう思ってるんだか、昔はよう家を飛び出してたようだがな。ああ伝吉《でんきち》、お前案内してやれ」

「あ、いえ、大丈夫ですよ、ぼちぼち歩いて行きますんで。どうも有難うございました」

と綾は遠慮し、礼を言ってその場を離れた。


落ち葉の匂うその町から小網町に入っていくと、川の匂いがした。

下町らしい家々の向こうを日本橋川が流れており、城や日本橋の町に物資を運ぶ輸送船が、ギシギシと聞き慣れた櫓の音をたてて、上り下りしている。

綾はその川べりの道まで出て左右を眺め、上手《かみて》に小さな神社があるのに気が付いた。

そこからまた焚き火の匂いが流れてくる。

行ってみると鳥居の横の石碑に、小網神社とあった。人けのない境内で、白髪の老人が掃き集めたらしい落ち葉を、せっせと焼いている。

「すみません、この辺りに〝丈太郎〟という人形師の家はありませんか？」

と問うと、老人は小さな顔を上げ、

「ゲンさんのことかね」

ジロリと綾を上から下まで一瞥《いちべつ》して、川下の方を指さした。

「あの辺りに行ったら、誰かに訊いてみなされ」

礼を言って境内を出て、川に沿って下ってみた。

左手には大名屋敷らしい白塀ばかりが延々と続き、それが切れると大きな倉庫が建ち並ぶ。冬の陽が燦々《さんさん》と降り注いでいるが、人けが全くない淋しい所だった。

鎧《よろい》の渡しを過ぎると、だんだんに石や廃舟が転がる草ぼうぼうの空き地が多くなる。右手には川に降りる石段が、同間隔で作られていた。

さらに進むと、土蔵の立ち並ぶ路地から、ひょいと若い男が出て来た。手に桶を提げ首に手拭いを巻いた姿からして、店の小僧だろう。

「あの、ちょっとすみません、この辺に丈太郎という人形師さんの家はありませんか？」

と男に向かって問いかけると、思わぬ所から声がした。

「丈太郎に何か用か？」

　声の方を見ると若い男が出て来た路地から、もう一人がヌッと出て来た。野袴を穿いた浪人ふうで頭はザンギリ、無精髭を生やしている。

「ああ、留吉《とめきち》、おめえは先に行ってろ。わしは丈太郎の家まで、この姐さんを送ってから行く」

　と先に若者を行かせ、ニコニコしながら近寄って来た。

「今申したように、わしは丈太郎の古い友達だ。家はすぐこの奥だから、ついて来なさい」

「あの、教えていただくだけで結構です。この先は一人で行けますから」

　と綾がそそくさと男のそばを通り抜けようとすると、

「待ちな、丈太郎は留守だぜ、さっき出て行くのを見た」

　と大手を開いて立ちはだかり、すり抜けようとした綾の腰に回して引き寄せる。昼間から酒臭く、頬をこする無精髭が痛かった。

「な、何をなさいます！　離れて！　人を呼びますよ」

「ここらは舟が着かんと、誰もいねえ所だよ。人を呼びたけりゃ、道端まで出て、舟に呼びかけるしかねえぞ」

力任せにあの路地に引き込まれた。何かが腐る臭いが鼻を突く。路地は細く、二人が身を寄せると、抱き合う形になるのがおぞましい。

「ほれ、薄暗い中でこうしてると、舟からは何も見えんさ」

男は綾の襟元をグイと力任せに開き、胸元に手を突っ込んで乳房を摑んでくる。

誰か来て！　と叫んだが、口に手を当てられて、声が出ない。

「知らねえのか？　この辺じゃよく若い女の死体が転がってると。だが大人しくしてくれりゃ、殺《や》ったりはしねえ」

その片手が首を摑み、片手が綾の着物の裾を割ってくる。

富五郎に千吉と一緒に行けと言われたのに、一人で来たかった。

頽《くずお》れそうになりながら、足で蹴ったり暴れたり、必死で抵抗していると、不意に男の体が離れた。路地の入り口から誰か入ってきて、男の体を背後からわし摑みにし、通りまで引きずり出したのである。

道路に出るやいきなり素手《すで》で豪快に張り倒した。足で蹴飛ばしながら道路端まで転がし、あと一蹴りというところで悪党は立ち上がり、よろめきながら逃げ出したのである。

三

路地からよろぼい出た綾の前に、大きな男が立っていた。

着古したヨレヨレの作務衣《さむえ》を大柄な身体にまとい、何か洗っていたところを飛び出してきたのか、両手が水で濡れていた。頭には手拭いを巻いていて、その下の大きな顔は、能面の大悪尉《おおあくじよう》のごとく猛々《たけだけ》しかった。

「大丈夫ですか」

と男はぶっきらぼうに言った。

綾は胸が一杯で、泣きそうな顔で黙っていた。大丈夫なわけがない。乱れた髪を直し、はだけた着物の裾を直すのが精一杯だった。

「今、酒屋の出前の留吉が、知らせてきたんでね。丈太郎の家はすぐそこだ」

指さす方を見ると、今まで気付かなかった左手の草地の向こうに、小高く盛り上がった丘があって、子どもらが遊んでいた。

丘の麓に掘っ立て小屋があり、その前に山茶花《さざんか》らしい茂みが白い花を咲かせている。

「……丈太郎様でございますか？」

と恐る恐る訊いた時、あの子らがそばに寄ってきて、物見高く口々に何かはやし立てる。

「なんじゃ、おめえら、あっちへ行ってろ！」

怖い顔で男が怒鳴りつけると、子どもらはぱっと逃げて行く。

「あんた、誰だ？」

男は綾に向き直って、その怖い顔をさらに怒らせるように問うた。

「申し遅れました。私は綾と申し、柳橋の篠屋で働いている者でございます。あの……今日は、主人富五郎の使いで参りました」

それは嘘だった。初めから兄のことを切り出すのも躊躇《ためら》われ、つい聞きやすい言葉を、とっさに口にしてしまったのだ。

「え、篠屋の……？」

篠屋と聞いて表情を変え、慌てたように頭から手拭いを外した。

下から覗いたのは毛がぽちぽち生えているだけの坊主頭で、右耳はピンと立っているが、左耳は見当たらない。

「そ、それはどうも、失礼しました」

男は頭を下げ、外した手拭いで濡れた手を拭いた。

「手前が丈太郎だが……ゲンゾウが本名でして。しかし篠屋の富五郎旦那には世話になりました。旦那はその後、お元気で？」

「はい、主人が申すには、一献《いっこん》差し上げたいので、お暇な時にでも柳橋までお越しくださいと……」

とさらに嘘を重ねた。どう考えても今、深い話など出来そうにないのだ。

「そりゃァ有り難えことで。前にもお誘いを受けておったんだが、見ての通りの不調法者でしてな」

と、初めて笑った。

笑うと、怖い顔が妙に人懐こく見える。

「いや、旦那とは約束があってな」

とゲンゾウは独り合点し、ある人物の消息を知りたがっていなさるんだ、と言った。

「で、伝馬牢を出る時、必ずその人物の消息を調べて連絡する、と約束したんだが、申し訳ねえことにそれっきりになっちまった」

「あのう、その方は、コウ先生と呼ばれた医師ですね？　実は私もその人を探しているんですよ」

「え？」

「その人、私の兄なんです」

「はい、もう二十年以上前に、生き別れたきりなんです」

「兄上……？」

ゲンゾウは息を呑んだようにじっと綾を見つめ、沈黙した。

その時二人の若者が、一台の荷車を引いてこの道をやって来るのが見えた。ゲンゾウは、急いで辺りを見回した。

だが若者らは何か用があるらしく、足を止めて、声をかけようかどうかとじっとこちらを見ている。

「おう、今日はてめえらか、物《ぶつ》は小屋にあるから持って行け。おれも後で行く」

と二人に声をかけるや、綾を促し、先に立って川沿いの道に出る。

少し先の川べりまで下りられる石段を、ゲンゾウは一気に下りた。下は粗末な船着場だったが、小舟が繋がれていて小さく揺れている。

その左舷《さげん》船首には〝丈太郎丸〟と書かれていた。

「さ、ここなら誰も来ねえんで、遠慮なく話してほしい……」

先に乗り込んだゲンゾウのゴツゴツした手に支えられ、綾は舟に乗り、さし向かいに座る。兄のことは今まであまり話したことはないのだが、なぜか今、この異形《いぎょう》の人を前にして、包み隠さず話したい気分に駆られていた。

ぼつぼつと語り始めると、弾みがついた。

川を船が行き交うたび、丈太郎丸は左右に揺れる。

それが初対面の相手への気詰まりをなだめてくれ、われ知らず、口が軽くなるように綾は感じるのだった。

ふーむ——聴き終えてゲンゾウが、深く頷いた。

「富五郎旦那がやけに熱心に訊いた気持ちが、初めて分かったよ」

川面に光る秋の陽を、眩しげに目を細めて見ながら何か考え込んでいる。やがて顔を上げると、柔和な目をして言った。

「実はわしは富五郎旦那に、コウ先生の消息を調べて連絡すると約束したが、そんなこと出来っこねえと思ってた。戦があって世の中ゴタゴタして、あの病院に一か月も世話になって……。だがわしを訪ねてきたあんたを見て、探す手立ては近くにあったような気がする。わしの周りにも、いろいろな人が居たんだ」

どうやらそこで知り合った患者や、助手達のあれこれを、じっと思い出しているふうだった。

「手っとり早え《ばえ》話が、かのウイリス先生本人に訊きゃア、何か分かるんじゃねえすか」

「それはもう、そうだと思います……。でもドクターは今は薩摩ですし、まずは誰か英文の手紙を書ける人を探さなくちゃなりません」

綾はそこで黙り込んだ。

揺れる川面を見つめていると、上野戦争で銃弾を受けた益満休之助《ますみつきゅうのすけ》を、横濱の軍陣病院まで舟で送った日のことが、ありありと思い浮かんだ。益満はその二日後、病院で亡くなった。

あれから四年。歳月の流れの速さが信じられない思いだ。

あの時親しくなった、兄の担当医の杉田《すぎた》医師とも、今は連絡が取れない。杉田は兄が突然辞めたため、その事情を知らず、ドクターが外国人ということもあって、はっきりした説明はなかったという。

詳細を問い詰めるには、本人の語学力の問題や、外国人に対する気後れもあったかもしれない。

それでも綾から事情を聞いて、励ましてくれたのである。

「折を見てきっと聞き出しますから、気を落とさずに」と。

ウイリス先生はその後、多忙を極めた。

二か月近くかけて奥州《おうしゅう》戦争に従軍し、帰京してすぐ神田和泉町《いずみちょう》の国立医学病院の院長に迎えられた。ところが途中で日本側の事情が変わり、ドクターは一年足らずで院長を辞任。その後に、薩摩の西郷隆盛の招きがあって、鹿児島《かごしま》病院の院長となったのである。

杉田もそれに随行し、今度こそ……の言葉を残して、横濱から船で発って行った。それからしばらくして杉田から届いた手紙は、意外なものだった。長年の無理が祟ってか、乗船してすぐに喀血《かっけつ》し、静岡で途中下船したという。

すぐに静岡の病院に入院したようだが、それから便りはない。

「いや、今日は貴重な話を聞かせてもらった」

波間に赤い夕陽が照り輝くころ、ゲンゾウは沈黙を破って言った。

遠くから季節外れの祭囃子が聞こえていた。

「今、若い者を呼んで、篠屋まで送らせますよ。わしが送りてえところだが、今夜はちょいと演《だ》し物があってね……。ただあんたのおかげで、何か探ってみれば、答えが返って来そうな気がする。ま、結果はどうあれ、正月には伺いますよ。篠屋で一杯やるのを楽しみに、この年を越せそうだ」

四

それから何日かたった雨上がりの午後――。

綾は近所の酒屋にいた。

自分の作った野菜の残りをこの店で売り切った老棒手振りが、お茶をご馳走になっている。たまたま最後の野菜を買った綾も、お相伴《しょうばん》に与《あずか》っていたのだ。

「この年になっても嬉しいもんじゃのう、売り切れは」

と兼松《かねまつ》という名入りの法被を着た老人は、音を立てて茶を啜り上げた。

「今年は大雨でやられて、てェして穫れねがったがな、野菜どもには、美味え美味えと食べられろや、てェもんでいつも言い聞かせておったんじゃ」

「ああ兼松さん、年内最後は三十日でしたっけ？　今年もおたくの小松菜を五把《わ》、予約したいんだけど」と綾。

「まいどっす。小松菜五把は篠屋さんの定番じゃ、午後には届けますさァ」

……と喋っていたところへ、船頭の竜太が入り口から顔を覗かせた。

「やっ、綾さん、ここにいたのかい！」

息急《いきせ》き切って駆けて来たらしく、荒い息を吐きながら、ズカズカ入ってくる。綾の足元に置かれた籠に、小松菜と大根とネギが詰まっているのを見て、持ち上げた。

「こんな所で油売ってる場合じゃねえぞ！」

「おや、こんな所で悪かったね」

と店のおかみが突っ込むと、

「すまねえ、おかみ。急なお客があって、頭がとっ散らかってるもんで。ともかく綾さん、早く帰《け》ェってくれ、お客さんだよ」

「誰よ一体？　人違いだったら承知しないよ」

と綾も飲みかけの茶碗を置き、走り出しながら訊いた。

「テンショウさまだ」

「テンショウさま？」

「わしなんぞ、一生に一回も会えねえお方と、おかみさんに言われた」

そんな心当たりはまったくない綾だが、走りながら気が急いて、ともかく醬油の匂いの染み付いた前掛けを外す。

篠屋の前庭には人力車が二台停まっており、玄関前には護衛らしい男が、さも何気なさそうに立っている。どうやらあと二、三人が中にいるらしく、船頭が何か言う声が聞こえてくる。

勝手口から飛び込むと、甚八とお孝が駆け寄って来た。

「急いで！　今、一階の奥座敷で、おかみさんが応対していなさるよ。旦那様が摑まらなくて、大変なんだ」

と指に唾つけては、綾の鬢《びん》の乱れを直し始める。

「どなたなの、一体？」

「驚かないでね、綾さん、天璋院《てんしょういん》様がお忍びで……」

「天璋院様って、あの篤姫《あつひめ》様？」

「いえ、たぶん相手を間違えて来なすったんじゃないかと、おかみさんが真っ青になり……」

お孝の声が遠のいて、一瞬、遠い記憶が甦った。

まだ慶応《けいおう》四年のことだったか、すでに落飾《らくしょく》して天璋院となっていた十三代将軍の御台所《みだいどころ》に、あろうことか綾は会いに行ったことがあったのだ。

このお方が誰より兄上のことをよく知るとして、橋渡ししてくれる人がいた。篠屋の客でもある、閻魔堂《えんまどう》という占い師だった。

閻魔堂によれば、天璋院は、夫君家定《いえさだ》公の毎月の月命日には、必ず菩提寺上野寛永《かんえい》寺《じ》に詣でるという。その墓参りの後はいつも、寛永寺の一室でお茶を呑みつつしばらく休憩する。

その時間に密かに対面出来るよう、計らってくれると言う。

だが折から、物騒な幕末のこと。天璋院のお命を狙う倒幕派の一団が、上野に向かったという情報が入り、その墓参は急遽中止になったのだ。

仲立ちしてくれた閻魔堂は元薩摩藩士だったが、武士という存在に疑問を抱き、以前から研究していた占術《せんじゅつ》を極めるため、脱藩して江戸の占い塾に入ったのである。

綾との出会いは、両国橋の袂で手相見をしていた時で、たまたま通りかかって差し出した手を見て、ズバリ言い当てたのが最初だった。

篤姫は島津《しまづ》分家の姫に生まれ、本家島津斉彬《なりあきら》の養女となって十三代徳川《とくがわ》家定の正室に上がり、御台所の地位についた女性である。

だが張り詰めた緊張の日々を過ごし、政略で動かされている自分の立場が明らかになるにつれ、たまらぬ孤独と不安に陥ったらしい。

そんな時、よく当たる占い師がいると大奥女中から聞き、その占い師が元薩摩藩士だと知って面白半分、すがる思い半分で、さる場所で密かに会ったのである。

その時の卦《け》が当たったことや、武士を捨てたその生き方への共感、同じ薩摩人の安心感から、その後いつしか相談相手になっていた。

篤姫が幸太郎を知ったのも、閻魔堂のおかげだった。

篤姫が輿入《こしい》れして数か月後、珍しく体調を崩した。その時、〝おさじ〟と言われる幕府お抱えの奥医師や、薩摩藩邸から送られてきた御典医《ごてんい》にはいたく失望した。何があっても〝すわご懐妊《かいにん》か、ご兆《きざ》しはまだか〟……と鵜《う》の目鷹《たか》の目で見る人々である。

それからは密かに閻魔堂に相談し、若い時分から蘭学を学び、その後長崎に出て蘭方を収めた在野の幸太郎を紹介してもらったのだ。

「遅くなりました、綾でございます」

と綾が廊下に伏せ障子越しに言うと、お簾がすぐに膝行《しっこう》して来て招き入れ、客人の正面に座らせてこう申し上げた。

「こちらがお探しの綾にございます」

間違いございませんか……の含みだったが、凜《りん》として迷いのない声が綾の頭上に降ってきた。

「篤姫じゃ。突然のことで騒がせたな」

「いえ……」

舌がもつれ、うまく言葉が出てこなかった。

「思い立ったが吉日、今度こそは機会を逃したくなかった」

ああ、あの時のことを言っておいでか、と胸が一杯になった。

「……有難うございます」

と思わず顔を上げ、初めて見たそのお方は、上座《かみざ》にゆったり座り、微笑して鷹揚《おうよう》に頷いていた。
三十五、六であろうか。瓜実顔《うりざねがお》の目鼻立ちのはっきりした顔立ちで、その大きな目は、生き生きとしていた。短い切り髪にし、ふわりとした枯葉色の尼装束を身につけ、いかにも気軽に屋敷を出てきたような、気さくな佇まいである。
「ほほほ、何用で参ったか、どうしてここが分かったか、不思議であろうの？　ここに来るまでは随分いろいろあったが、すべて勝安房《かつあわ》のおかげじゃ。のう、唐橋《からはし》……」

とくつろいだ様子で、そばに控えている御殿女中に笑いかけた。

唐橋と呼ばれたお女中は心得顔で頷き、天璋院の胸の内を、次のように説明した。

十五代将軍慶喜《よしのぶ》が、謹慎所の寛永寺から水戸《みと》へ去り、江戸城が総督府に明け渡されたのは、慶応四年四月十一日である。

それと前後して、天璋院を薩摩に引き取るべく藩邸から迎えが来たり、援助の申し出のため西郷隆盛がやって来たりした。

だが天璋院は帰国も、援助の申し入れもきっぱり断って、住み馴れた二の丸を去り、築地の一橋《ひとつばし》下屋敷に身を寄せたのである。

その後は徳川家の援助に頼り、青山《あおやま》の紀州《きしゅう》邸、新宿《しんじゅく》戸山《とやま》の尾州《びしゅう》下屋敷と転々とし、現在（明治五年）は、赤坂福吉町《ふくよしちょう》の旧相良《さがら》邸に落ち着いたという。

徳川家は近い将来、千駄ケ谷《せんだがや》に有する十万坪の地に、徳川宗家の邸を建てる計画があり、それまでこの旧相良邸で過ごすことになった。

完成の暁《あかつき》には、十六代当主となるまだ幼い田安亀之助《たやすかめのすけ》の義祖母として、その屋敷に同居することになる――。

「ところで赤坂といえば、勝安房と隣組じゃ」

と笑いながら言った。ああ、そうだっけと綾は思い出す。勝海舟は今年の春、赤坂氷川町に移ったのだった。

癇癪《かんしゃく》持ちながら世故《せこ》に長《た》けた海舟は、勝気で気難しい薩摩の姫が、唯一人、心を開いた幕臣と言われる。

官軍との関係が煮詰まった維新前夜、天璋院を薩摩に返すという話が持ち上がっていた。だが当人は片時も懐剣《かいけん》を離さず、

「そうなったら自害する」

と言ってきかず、調停を託されて出向いた海舟は、こう説得した。

「天璋院の御身に何かあっては、そのお命を西郷閣下から託されているそれがしも、只では済みますまい。もちろんおそばで切腹する所存ですが、そうなっては心中とやら色恋沙汰とやら、あらぬ噂で騒がれるのは必定です……」

誇り高い天璋院は、この殺し文句に驚いて自害をやめ、それから三日間、海舟との腹を割った話し合いに応じ、心を開くようになったという。

才気に富んだ海舟は時に大風呂敷と揶揄《やゆ》される反面、愚直で根気強いところがあり、維新後も徳川家とその旧幕臣らを支え続けていた。

そんな頼もしい家臣が近くにいるのが嬉しいらしく、

「何かコトがあればすぐ駆けつけてくるし、気軽に珍しい所を案内してもくれる。ついこの一昨日も、前からの約束だった浅草寺《せんそうじ》詣に誘ってくれ、その夜は山谷《さんや》の『八百善《やおぜん》』で馳走になった」

といたくご満悦の様子である。

二十一歳で将軍家に嫁ぐも二年足らずで寡婦《かふ》となり、徳川存亡の危機を生き抜いたこの尼御前は、久々に頭上に覗いた青空を、何の憂いもなかった娘時代に戻って楽しんでいるようだった。

「実はその浅草寺詣の日のこと。年末年始の混雑を予想して、早めに案内してくれたのであろう」

と天璋院は続けた。

「その下町の年の瀬の賑わいは、心楽しいものだった。『八百善』の〝アワビやわらか煮〟も〝骨抜き鮎《あゆ》の魚田《ぎょでん》〟も、お城では食したこともない美味で、それはもう驚きの連続だった」

と皆を笑わせてから、言った。

「でも目の玉が飛び出るほど驚いたのは、それではない。その宴席で、安房から聞かされた話であった」

五

海舟は下戸《げこ》だったから、酒は舐める程度で赤くなる。もっぱら天璋院の盃を酒で満たすのに徹しながら、言った。

「ところで御台《みだい》、つかぬ事を伺うようですが……かのイギリス人ドクターは、その後変わりはございませんか」

「……ウイリアム・ウイリスのことか？」

「そうです。ドクターが例の医学校を去った後……というより半ば追い出されてから、西郷閣下が鹿児島へ招聘《しょうへい》されたんでしたな」

「そう聞いてるが、それがどうした……？」

篤姫は入輿《にゅうよ》した時から、徳川の者として振る舞い続け、今となっては薩摩人との交流も減り、その消息にも疎《うと》くなっている。

だがウイリスという異色のドクターに関しては、薩摩藩との関わりが深いため、大抵の情報が耳に入ってくる。鳥羽伏見の戦い、また東北戊辰《ぼしん》戦争では、敵味方を問わず銃創患者の治療に奔走したと聞く。

そうした貢献に対し総督府は、〝医学校兼大病院〟（後の東大医学部）の院長の座を贈ったのだ。

ところが、ドイツ系蘭方医らは自らの医学に危機を感じ、陰謀めいた運動を繰り広げて、院長の座を奪い返したのである。〝日本医学の父〟となる夢破れた失意のドクターは、西郷と大久保の勧めで、薩摩へ下った。

「実は、その悲劇のドクターに、ぜひ手紙を書きたいという者がおりましてな」

「連絡先を知りたければ、すぐにも調べてあげられるが」

「それはかたじけないことで」

海舟は安心したように頷いたが、ややべらんめえ調で付け加えた。

「それにしても、この国は野蛮人の集まりですなあ」

「どうして？」

「戦場での四肢切断を三十八回、手術で除去された銃弾二十三個、クロロホルム麻酔……。こんな凄《すげ》ェことを、今の日本の蘭方医の誰がやれますか。戦場では何の役にも立たねえくせに、臨床医学を〝外科〟と見下している。ドクターが血みどろで頑張ったからこそ、大勢の命が救われたんでさあ。それを突然、あんな残酷な形で追い払うたア、いかがなものか。ドクターの功績に報いる、もっと別のやり方はなかったものか……」

「しかし安房、考えてもみよ、幕府が長く付き合ってきたのはドイツ医学じゃ。もし国の医学がイギリス系に決まれば、蘭方医はどうなる。その伝統を軽々に踏みにじるわけにはいかんと、政府が動いた。ドクターについては、薩摩が高額の報酬で国に招いたのだから、あながち野蛮とは言えないだろう」

「ふーむ。御台は、男子に生まれたらいい政治家になれましたな」

「ふふ、あいにくだったな。ところでその者は、ドクターに何を頼みたいのじゃ？」

「連絡してきたのは、ゲンゾウという人形師でして。私は若い時分、人形町で遊ばしてもらったんで、今もあの町には、古い知り合いがいるんですよ」

海舟が興味を持ったのは、丈太郎という人形師だった。

当時は人形町にあった芝居小屋『結城座《ゆうきざ》』に通い、丈太郎の鬼気迫る人形を楽しんだものだ。そうした一切が猿若町《さるわかちょう》へ移転させられた時、海舟は十九歳。蘭学修業の真っ只中だった。

人形芝居は遠くなったが、丈太郎は小網町の工房に残ったため、何度か訪ねたことがある。以後は政《まつりごと》で多忙を極め、すっかりご無沙汰した。

それが少し落ち着いた三年前、久方ぶりにふと思い立って、小網町の工房を訪ねたのだ。だが丈太郎はすでに亡くなり、そこにいたのは、前にも見かけた同居人のゲンゾウだった。

「丈太郎師の隠し子とも隠し孫ともいわれるが、本人によれば捨て子だと……」

と海舟は笑った。

「たしかに素性の分からぬ、札つきの無頼《ぶらい》でしてな。人を驚かすに事欠いて、ウイリス暗殺を企てて捕まった、天下一の大馬鹿者だ。ところがその決行の際、耳を飛ばす大怪我を負って、敵方病院に入院させられ、その執刀医がウイリス大先生だった」

ドクターは自分を殺そうとした下手人を治療し、弁護した。当人は片耳を失ってすでに懲罰を受けている、士族でもないからこの先、再びこんなことはやるまい、と政府方には命乞いをし、釈放されたのである。

「それからです、ゲンゾウが人形を操り始めたのは……。いや、昔から四六時中いじってたそうだが、魂が入ったとでもいいますかな。今、大変な評判になっているんだとか」

「へえ、それは面白い話だ。今度連れて行ってくれぬか」

「ああ、そのうち是非……」

「いや、近いうちきっとだ。そのゲンゾウはつまり、人気が出てきたんで、ドクターに礼状を書きたいと？」

「いや、どうやら手紙を書くのは、ゲンゾウではなく、知り合いのおなごのようで。生き別れた家族をずっと探してきた娘で、どうやらその鍵をドクターが握っていると泣きつかれ、一肌《ひとはだ》脱ぐ気になったらしい」

「生き別れた家族を探しておると……」

天璋院は首を傾げ、言った。

「どこかで聞いた話だな。その娘の名は何という？」

「さて……。御台が興味おありなら、訊いておきましたものを」

「何か他に覚えていることはないか」

「ございま……あ、待ってくださいよ。船宿の娘とか何とか申してましたな。そういえば私も、懇意にしておる船宿がありますが……」

日ごろ明晰《めいせき》な海舟が、急に混乱したように語尾を呑み込んだ。すると天璋院が言った。

「その船宿は、もしや篠屋ではないか」

「えっ、御台、どうしてそれを？」

「…………」

天璋院はその大きな目をさらに瞠《みは》って、遠くを見た。

六

「篠屋の綾……その名はよう覚えておる。あの時は済まなかった」

奥座敷に座した天璋院は、笑いを含んだ目で言った。

「ずっと兄上を探している……と閻魔堂から聞いた時、何だか羨ましく思った。探す相手がいるのだから……」

そう言われた時、綾はかの会津の八重女を思い出していた。

死んだと思っていた兄上が京にいると知り、これから会いに行くという八重が、たまらなく羨ましかった。あれと同じご心境か。

「とはいえ、探す家族もいない私にも、気がかりな相手はおる。閻魔堂と、そなたの兄の大石どのだ。大石どのの事は閻魔堂が知っておるが、あの動乱で、すっかり無沙汰してしまった。今は、誰の消息も聞こえてこない。一度そなたに会って、聞いてみようと思い始めた矢先に、安房守からこの話を聞いたんじゃ。縁とは異なものよのう」

「御意にございます」

綾は頭を下げて言った。

「ただ……恐れながらこの綾、閻魔堂さんの消息を存じております」

その口調に、ハッとしたように天璋院は視線を外した。

おそらく閻魔堂の長すぎる無沙汰や、あるいは根拠もない風聞に、何か予感するものがあったかもしれない。

微かに震えるような声で、

「おお、それは良かった、ぜひ聞かせてもらおう。その前におかみ……」

と綾の背後に控えるお簾に声をかけた。

「水を一杯、持ってきてくれるか。持参してきた気付け薬を飲みたい」

「あっ、こ、これは失礼申し上げました、ただ今すぐ……」

先ほど座敷に案内した時、唐橋から、御台様は外では何も口にされないから、お茶を含め一切構わぬように、と言い渡されていたのだ。

唐橋は、横に置いていた包みから、何かを取り出した。革で作られた瀟洒《しょうしゃ》な洋酒の瓶である。

「ここに入っているのはブランデーと申し、西洋の古くからの気付け薬です。殿方はお酒として嗜《たしな》まれますが、御台様にはよく効く気付け薬なのです」

唐橋は手慣れた様子でその蓋を開け、その盃大の蓋に、ブランデーを少し注いだ。

すぐに水が運ばれてきたのを合図のように、

「で、閻魔堂はどうしておる」

と問うた。

「はい、今もどこかの町角で手相を見ておられます」

「え？」

「いえ、もし我が事を誰かに訊かれたら、そう伝えてほしいと……そう言付かりましてございます。三年前のことでございました」

綾は誰にも言えず、胸に溜めていたことを語った。

神田和泉町の大病院にウイリアム・ウイリスがいた時のこと、そこに入院していた患者から、綾は人を介して連絡を受け、わけが分からぬまま見舞いに駆けつけたのである。

だが連絡主は、綾の知らぬ名だった。

「実際、おそばに伺った時、その方は、顔面を包帯で覆われていて、お顔をしかとは拝見出来ませんでした。ただ、包帯から出ていた目は一つだけでしたが、それは前と変わらぬ閻魔堂さんでした……」

すくむ綾に、〝なに、驚くことはなか、顔が半分吹っ飛んだだけじゃ。一つ目小僧になったら、前よりよう見ゆっごつなったぞ〟と笑ったのだが、そのことは今、天璋院を前に、とても言葉に出来なかった。

「閻魔堂さんは、品川の藩邸から藩船で逃げる際に、幕府の主力艦に追撃され、深傷を負って京の野戦病院に運ばれたとか。その時の執刀医がウイリス医師だったと……。ドクターは大病院に迎えられた時、治療を希望する何人かの患者を、京から受け入れたそうです。閻魔堂さんは、とても感謝しておられました。すぐにも死ぬるべきところ、一年半も生き延びたと。ただ、こんな姿を見られたくなくて、逢いたい人にも逢わなかったと……。あの伝言を頼まれたのは、そんな話の後でございました」

「………」

「旅立たれたのは、その三日後と記憶しております」

「そうか」

と天璋院は小さく頷き、一気に気付け薬をあおった。その効き目を確かめるように、しばらくじっと目を伏せていた。

放心したようなその間に、心の整理をつけたのだろう。

「ああ、忘れないうちに言っておこう。ここに私が来た理由は、もう一つある……」

実は、勝海舟からドクターの連絡先を頼まれ、以前、薩摩で親しかった高官が鹿児島県令の役所にいるので、人を遣わして問い合わせたのである。

するとその者は、直接申し上げると言い、旧相良邸に駆けつけて来た。

「御台様、ご機嫌麗しゅう存じまするが、ウイリス医師に何か御用がおありとは、まさかどこかお悪いわけではございますまいな」

と顔をしかめ仔細《しさい》ありげに言うので、まさか例の件でもあるまいし、と天璋院は思わず笑い出し、用があるのは自分ではない、勝安房から頼まれたのだと言った。

「そうでありましたか、それで安心致しました。はい、では申し上げまする。ドクターは現在、江戸、いや東京におられますぞ」

「ええっ、本当か？」

天璋院は膝を乗り出した。

「はい、やはり公使館が懐かしいらしく、時々帰られますが、今回は正月休暇でございまして、一か月ほど滞在されるそうです」

ウイリアム・ウイリスは、明治六年の旧暦の正月を東京で過ごすため、前年の師走《しわす》半ばに上京、三田聖坂上《ひじりざかうえ》の、イギリス公使館に滞在していたのである。

「それを聞いたとたん、そなたの顔が浮かんだぞ！」

と天璋院は興奮した面持ちで、目を輝かせた。

「これぞ天佑《てんゆう》というもの。住所を知らせるより直接会わせたほうがいい。ドクターがどこぞへ消えてしまわぬうちに、篠屋の綾に知らせねばと」

「有難うございます！」

と綾は平伏し、すぐまた頭を上げ、天の与えてくれたこの機会を逃してはいけないと、頬を紅潮させて天璋院を見た。

「万難を廃して会いに参りとうございます」

「その意気じゃ、今度こそは逃してはならぬぞ」

と天璋院は無心な笑いを満面に浮かべ、詳細の説明を唐橋に託した。

唐橋の説明によれば――。

ドクターは公使館に滞在しており、提出された予定表には、年内の旅行の計画もない。一般人が無断で公使館を訪ねる事は出来ないが、天璋院の紹介なれば面会を依頼し、都合のいい日に伺うのはやぶさかではないと。

そこで天璋院は、二、三日中には面会に行きたいと依頼した。

その返事が書面で昨夕に届いたため、その場で、今日の篠屋行きを決めてしまったのだと。

「ドクターからの返事はこうじゃ。時間さえ許せば、喜んで面会したく思うと……」

天璋院は、嬉しさを隠しきれないように相好を崩した。

「年内は二十四、二十五日、大晦日以外の午前中は、公使館のどこかにいるから、門番にウイリスの名を言ってほしかと……。今の私には何も出来んけど、これが精一杯の土産じゃ」

これまで薩摩弁は一切排して、完全な江戸語を話していた天璋院に、わずかに薩摩弁が混じったのである。

商家の十二月は気忙《きぜわ》しい。

十三日は煤払《すすはら》いだが、障子《しょうじ》の張り替えや切り貼りを、十二月初めから少しずつ進めており、それが終わる十七、八日ごろに市《いち》が立つ。

二十日には「飾り藁、飾りわら」と唱えて正月飾りを売りに来るが、それからが正月飾りの準備、歳暮《せいぼ》の手配、餅つき……と目白押しである。

だが今年はそれどころではない。

公使館行きは早い方がいいと、三日後をその日と決め、綾は仕事を半ば免除されて準備に取り掛かった。

といっても大したことはないのだが、綾にとっては一世一代の準備だった。

七

その朝は雲が垂れ込め、今にも氷雨《ひさめ》の降りそうな寒さだった。

綾は一張羅《いっちょうら》の黒っぽい紬《つむぎ》の袷に、薄紫の江戸小紋の羽織を重ねた。お簾のお下がりの仕立て直しだが、細かい羽根柄が気に入っている。

首元には暖かい肩掛けを巻き、白足袋に日和下駄。手土産には福砂屋《ふくさや》のカステラと、手作りのこぎん刺しの花瓶敷き。

富五郎の一声で、暖かい屋根船を使うことになり、船頭は磯次だった。

舟は古川《ふるかわ》を遡って赤羽橋まで。磯次はここで綾の帰りを待つことになる。綾は人力車で三田聖坂まで行く。

三田聖坂上——。

この坂は、江戸湊《みなと》（東京湾）沿いの東海道《とうかいどう》にほぼ並行して通る、古代中世の古道である。当時この地に多く住んでいた僧（高野聖《こうやひじり》）によって開かれたのが、その名の由来という。

坂上は眼下に東京湾を一望する、月見の名所だった。品川沖に停泊した我が船が見えるためか、この周辺には公使館が多い。

聖坂上の済海寺《さいかいじ》にはフランス公使館が、そこに隣接する上野沼田藩《こうずけぬまた》の下屋敷にイギリス公使館が、それぞれ置かれていた。

赤羽橋界隈は人出が多かったが、人力車が脇道に入ると、ぱったり人影は途絶える。大名屋敷らしい長い白塀に沿って、しばらく進んだ。

これまで一回しか乗ったことのない人力車だが、なかなか快適だった。少し高くなった目線で道行く人々を見られるのだ。

三田三丁目から聖坂に入った辺りで、四つ（十時）の鐘の音が聞こえた。薄日が差していて、もう寒くはない。

ゆるやかな坂道に人通りは少なく、坂の両側には寺や大名屋敷が多くて、夏にはこの道はさぞや緑陰で涼しかろうと思われる。

（ご機嫌いかがはハウアーユー、はいそうですはイエッサー……）

綾は歌うように口の中で唱え続ける。最近英会話を習い始めた千吉が、あれこれ教えてくれたのだ。

（すみませんはアイムソーリ、これは何だはホワッツイズジース……）

と唱えてほぼ半ばまで行った時、この坂道を駆け足で下ってくる騎馬が見えた。乗っているのは若い外国人で、こちらに気付くとだく足になり、すれ違う時は帽子を取って軽く会釈した。

へえと思ううち、また蹄《ひづめ》の音がして引き返して来た。

「うっかりしました。もしかしてアヤさんですか？」

その流暢《りゅうちょう》な日本語に綾は驚き、頭の中の〝英語〟は全て消し飛んだ。

「はい、そうです」

「やっぱり。ドクターはお待ちかねですよ」

言ってその者はニコッと笑い、

「私、公使館のサトウです、そこまで案内します」

言いざま馬の胴を蹴り、坂をかけ上っていく。その後ろ姿はスラリとしていて、容貌も容姿も美しく整っていた。外国人の年齢は読みにくいが、二十代後半だろうか。

人力車はそれを追って走り出し、フランス公使館のある済海寺の前を通り過ぎると、隣の大きな長屋門《ながやもん》の下に、あの馬が繋がれていた。上野沼田藩下屋敷だった。

サトウは受付で制服を着た若い日本人と喋っていたが、足音を聞いて振り返って言った。

「この門番が今、中へご案内しますが、その前にこの帳面に名前を書いてください。

私、先ほどドクターを庭で見かけたんで、探して来ます。ここの庭は広くて、時々迷子になるんですよ」

案内されたのは、正面玄関ではなく、美しく紅く咲き誇る山茶花の茂みを回った、館員通用口だった。

広々した玄関土間から廊下に向かって絨毯《じゅうたん》が敷き詰められ、履物のまま上がって行くと、廊下は三方向に分かれる。案内人は左に折れてすぐの、新しい扉の前で止まり、この部屋でお待ちください……と言ってペコリと頭を下げ引き返していった。

中へ入ると、柔らかい長椅子と数脚の椅子と長テーブルがあるだけの、簡素な洋間だったが、西洋茶のいい香りと、西洋タバコの匂いが染み付いていて、ここが遠い異国のように思えてくる。

窓の外に小鳥のさえずりが聞こえ、壁にはいつの時代か綾には分からない美しい女王陛下の肖像画が、麗々《れいれい》しく飾られていた。

魅入られたようにその画を眺めていると、扉を叩く音がした。

返事を待たずに扉は開き、見覚えのある男がヌッと現れた。

あの青い目は変わらないが、顎のあたりに栗色の髭が密生している。

仰ぎ見るような六尺豊かな体の天辺《てっぺん》に防寒帽を被り、ムクムクした厚手の毛糸の服をまとい、丈の短い革の胴着を着込んでいる。もし猟銃を手にすれば、そのまま猟師になりそうな出で立ちだった。

「お待たせしました。ウイリスです。休暇中の旅人《ツーリスト》なんで、こんな格好で失礼します」

と言い訳するように帽子を脱いで、軽く頭を下げた。

「今、坂の途中でアーネスト・サトウと会ったそうで？」

「はい、日本語がとても流暢なお方でした」

「ははは、あの者は、我が公使館の誇る通訳にして、パークス公使お気に入りの世にも珍しいアーネストな外交官です」

綾はこの軽いウイットを、それとなく理解し笑って頷いた。

「お陰さまでこの坂の上の公使館に、とても気軽に入ることが出来ました。ああ私は、いつぞやお会いした、篠屋の綾でございます……」

「え、どこでお会いしましたか？」

「はい、あの横濱《よこはま》の軍陣病院で。益満という薩摩藩士に付き添って参りました」

「ああ、あの時の……」

益満で思い出したらしく、青い目を大きく瞠った。

「マスミツは、今でも残念でなりません。もう少し早く私の元へ来てくれてたら、完全に助けられました……。まあ、どうぞお座りなさい」

と大きな手で椅子を指し示し、自らもどっしりと腰を下ろした。

そこへドアを叩く軽い音がして、噂のサトウが入ってきた。手に、紅茶道具の一式を載せたお盆を捧げ持っている。

「やっ、アーニー！」

今日はどうしたんだと言いたげなドクターに、

「いや、ドクターには珍しい美人のお客さんですからね」

と二言三言やり取りし、盆を机に置いて綾に笑いかけ、グッドラック！……と言って出て行った。

「忙しいやつでね。昨日、甲州《こうしゅう》の旅から帰ったばかりで、今日は仕事です。正月は私も一緒に鎌倉と江ノ島《えのしま》を回りますが、下旬には北陸《ほくりく》一人旅だとか……」

言ってドクターは立ち上がり、手慣れた手つきでカップを整えた。

「しかし、一度お会いしていたとは……」

「はい、杉田様も存じ上げています。その後、どうされましたか？」

「杉田さんは、体調を崩して故郷に帰りました。元気になったら鹿児島に来るよう、言ってあるんだが……」

ウイリスは、白磁《はくじ》に藍色の花が描かれた美しいポットから、お揃いの二つのカップに、紅茶を注ぎながら言う。

「ところで綾さんは、人を探しておられるんですね。この私で分かることなら、何でもどうぞ……」

「有難うございます」

綾は立ちのぼる紅茶の香りを吸い込みつつ、少し躊躇った。

紅茶のいい香りに包まれ、女王陛下の視線を浴びながらのこのひと時が、たまらない至福の時のように思えたのだ。

どこか遠くから、お神楽《かぐら》の音が聞こえて来るのも不思議だった。

「まあ……どこから、お神楽の音が聞こえて来るんでしょう」

「あ、この下に、御田八幡神社《みたはちまんじんじゃ》というのがありましてね。何でも七百年ごろ創建の、えらく古い神社らしいです」

平城京《へいじょうきょう》が出来たのが七百十年だから、七百年代は奈良朝か。

昔この辺りに聖が多く住んでいた、という話が思い出される。海沿いの道は、海が荒れると通行出来なくなるため、そんな聖たちが中心となって内陸に交通路を開いたのだろう。

そんな古《いにしえ》を思いながら、綾は言った。

「ああ、実は私の名は、大石綾と申すのです」

「オオイシ……」

とドクターは舌の上で転がすように小声で呟き、ふと手を止めて、一瞬、上目遣いに綾を見た。窓外でチチチ……と鳥が鳴きながら飛び立って行く。手早く紅茶を注ぎ切り、一つのカップを綾の前に差し出した。

「まずは一杯どうぞ。砂糖はその壺にあります」

「有難うございます、頂きます」

言いながらも手が震え、両手を温めるように熱いカップを囲んだ。ウイリスは砂糖を入れずに一口啜り、思い切ったように言った。

「つまり……探しておられるのは、大石幸太郎医師、ですね？」

「その通りです。幸太郎は私の兄です」

「おお……」

ウイリスは唸るように言い、凶暴な目で綾を見た。

「いつ、どうして、あのころ、私の所にいると知りましたか？」

綾は、あの軍陣病院の一室にあった、連絡用黒板にその名を見つけたこと。半信半疑で近くにいた杉田医師に説明を求めたこと。だが既に、大石幸太郎はその病院を去った後だった……という事情を話した。

するとウイリスは、カシャンと音を立ててカップを置いた。

「そのことをもっと早く、私に連絡出来なかったですか？」

「あのころドクターは、滅茶苦茶お忙しかったから……」

と思わず綾も、言いがかりめいた言葉が口をついて出た。

「一日に何十人もの患者の治療にあたられ、東北戦争への従軍や、大病院のお仕事……と追われ続けておられ、私ごときが私事でお訪ねするなんてことは……」

「それがいけません！」

と青い炎を燃え上がらせるように目を怒らせ、テーブルを叩いた。

「謙譲《けんじょう》の美徳も、いい加減にするべきだ！　それは美しい反面、日本人の怠慢《たいまん》ではないのか。私の置かれた状況など、綾さんに関係ないこと。貴女はご自分の個人事情に忠実に、早く一報くださるべきでした。そうであったら私は、綾さんを、オオイシの前に立たせることが出来たのです」

八

「……それはどういうことですか？」

その剣幕に驚いて、綾は恐る恐る問うた。その時は会わせられたが、今は違うとでも？

「大石は私が鹿児島に赴任した時、波止場で私を迎えてくれました」

と言ってドクターは頭を抱えたのである。つまり幸太郎は、鹿児島にいたということか、と綾は息を呑んだ。

ドクターが大石幸太郎に初めて会ったのは、慶応四年、薩摩藩の要請で、アーネスト・サトウと共に京の相国寺《しょうこくじ》入りした時のことという。

そこには薩摩野戦病院が設けられ、すでに石神良策《いしがみりょうさく》ら薩摩藩医や多くの看護人がいて、次々と運び込まれる負傷兵の手当をしていた。そうした中に、介護頭の石神に声をかけられた大石幸太郎がいた。

「私は三十二だったが、二つ三つ年上の痩身の医師で、すぐ親しくなりました。仕事と英語が出来たのと……男前でしたからねえ」

幸太郎は長崎養生所で蘭方を学び、その時は町医者として大坂にいたが、前から親しかった先輩格の石神が、京の薩摩病院に招いたのである。

「イギリス医学の名医、ウイリアム・ウイリスが治療に来られるぞ。実地指導を受ける絶好の機会だから、お前も来い」と。

ウイリスはすでに英国系西洋医学の雄として評判だったから、自己流で英国医学を勉強していた幸太郎は、勇躍して馳せ参じたのである。

そこで見たウイリスはがっちりした体つきで、すでに頭の薄い中年の顔になりかけていたが、目を爛々と輝かせた活力ある男盛りだった。

傷に過酸化マンガン、骨折に副《そ》え木、手術の麻酔にクロロホルム……と近代医術を駆使し、百名を超える負傷者を次々と治療していくその姿。それはまるで魔術師のように、幸太郎を圧倒した。

内臓の治療もさることながら、目の前でのたうつ重傷者を救えなければ意味がない。前からそう考えていた幸太郎は、このドクターの弟子となって、さらに学び直したいと願った。

だが戊辰戦争の北上に従って、ドクターは十日で京を離れ、横濱に応急に作られた軍陣病院に、院長として迎えられたのだ。

病院には、英国公使館付きの医師達や、多くの日本人医師が集められたが、ウイリスが直々《じきじき》に率いた日本人医師団は八名。そのうち四名が薩摩藩医、二名が大村《おおむら》藩と福《ふく》井《い》藩医、二名が町医者で、その一名が幸太郎だった。

幸太郎は石神に頼み込み、その推薦でウイリス傘下《さんか》に身を投じたのだ。

「何か過去はあったでしょうが、そんなことは私に関係ない。問題は、どれだけ患者を救えるかだけ。私は京で、すでに見抜いていましたよ。幸太郎は、一度教えたらすぐに理解する、凄腕《すごうで》のドクターだとね」

そこまで話して、ドクターは冷めた紅茶を啜りあげた。

「そんな頼もしい弟子を、なぜ数か月で手放したか……。そうお咎めになるでしょうが、いろいろ事情があったのです」

神田和泉町に大病院が作られた明治二年には、薩摩でも、西洋医学と漢方を教える〝鹿児島医学校〟を開設していた。早くから近代化と富国強兵に力を入れ、人材育成を図ってきたのである。

西郷隆盛は早くから、その院長に迎えるべくウイリスに目をつけていた。だが新政府にさらわれてしまい、同じ英国の若い医官と交渉したりもしたが、何ぶんにも遠方のこととて、まとまらない。

　とうとう西郷から要望が出された。

「八人の医師団から、当面の指導者として一人貸してくれ」と。

だが藩を背負っている六人は、おいそれとは動かしにくい。二人の町医者は優秀だが、公に出来ない前歴を持つため（例えば幕府出身者だとか）、町医者とだけしか書かれない。

　そうした点を西郷に相談すると、前歴など構わんという。しかしその町医者の一人は妻子持ちで、頼めるのは単身の大石しかいない。

　その大石に声をかけてみると、

「自分は英国系医学は全く未熟ながら、実は個人的に外科の勉強はしてきました。それで構わなければ、院長が決まるまでの間だけでも、使ってください」

と、言ってくれたのである。

「私としては手放したくなかったが……。ただその見返りかどうか、閣下はあの人形師のゲンゾウを、お咎めなしで釈放してくれたのです」

　と笑って、ドクターは立ち上がった。

「ああ、お茶が冷めてしまいました。入れ替えてきましょう」

「いえ、どうかお構いなく……。それより、伺ってよろしいですか」

ドクターのくどい説明を待ちきれず、結論を聞きたかったのだ。

「で、兄は鹿児島にいるのですか？」

「………」

ドクターはそのまま窓辺まで歩き、両手を後ろで組んでしばらく外を眺めていた。

小鳥のよく鳴く庭だった。

そしてゆっくり振り向いて言った。

「オオイシは日本にはおりません」

「………」

「我が国の船で、そろそろロンドンに着くころでしょう」

「ロンドン？」

綾は息が詰まり、頭が真っ白になった。

「どういうことでしょうか」

「イギリスへ留学するためです」

「留学？……国費留学ですか？」

「もちろん。オオイシはもう若くはないが、有望な人材です。私は、こちらに赴任して間もなく、二等教授に抜擢《ばってき》しました。ですが……、人材が足りません。我が鹿児島医学校は、早急にもイギリスへ留学生を送って、英国医学を教えられる指導者を育てなければならんのです。医学校と病院の二頭立てを、今の面々で切り回していくには、今のままじゃ無理だ。そこで大石に、早く西洋医学の博士号を取って、帰って来てもらいたいと思ったのです」

綾はじっと、ドクターを見つめた。その大柄な体から発せられる声は、いつもより低いように感じられる。本当だろうかという気持ちが渦巻いて、にわかには信じられなかった。

「薩摩藩が英国に、多くの留学生を送ってきたのは聞いてますけど……。でも薩摩人でもない兄が、そのような光栄に与るのでしょうか」

「いや、いろいろありますよ。試験に合格したとか、その者の功績を認める県有力者の推薦があったとか……。もちろん帰国してからは、鹿児島のために働いていただくことになるでしょうが」

「その留学は、兄が望んだことなのでしょうか？」

およそ立身出世には興味のない兄が、大変な経費と労力を要する留学を、そうやすやすと望むとは、妹には思えなかったのだ。

「ああ、いえ、こちらが推薦し、お願いしたわけですが……」

とドクターは急に言い淀《よど》み、

「あの勉学熱心なオオイシのこと、本格的に英国医学を学べることを、大いに喜んでいましたよ。もちろん四年後には帰国するのです」

どこか不得要領《ふとくようりよう》なその説明に、綾は沈黙した。

その時、扉を慌ただしく叩く音がして、先ほどの若い小柄な門衛が顔を出した。

「ドクター、ちょっと来ていただけますか。負傷者がおります！」

「何だって？」

ドクターはすでに立ち上がっていた。

「攘夷党とか申す者が、ドクターに会いたいと言って来たんで……」

まだ攘夷党などというものがあるのか、と綾は驚いた。

「番頭《かしら》が断ると、いきなり短刀を振り回し……」

「傷の具合は？　血止めは？」

「一人は胸、一人は左手を斬られ、血止めだけはしてあります」

「その下手人はどうした？」

「相手は一人です。加勢に飛び出して来た公使館のミスターも交え、三人で取り押さえ、ポリスに突き出しに行きました」

「分かった、よし、医療箱を取ってすぐ行く」

門衛が出て行くとドクターは綾に向き直った。

「綾さん、尻切れトンボになって申し訳ないが、私は行かなければならない。医者の定めです。なお訊きたいことがあったら、遠慮なく手紙をください。都合のつく日にまた会いましょう。ああ、今日は物騒だから、誰かに坂下まで送らせましょう」

「あ、いえ、私は大丈夫でございます。そろそろ、頼んでおいた人力車が迎えに参りますので」

九

磯次の漕ぐ舟が赤羽橋を出たのは、八つ（二時）過ぎである。

雲の切れ間から射す薄陽に川面は輝き、空気はいつになく暖かい。

簾《すだれ》を下ろした屋根船の中から、綾は茫然と通り過ぎていく沿岸の風景を眺めていた。

風に乗ってあのお神楽の音が切れ切れに聞こえ、町々は師走らしい空気に包まれていた。

ハリネズミのように緊張していた全身が、ゆるゆると安らいで、とりとめのない思いが脈絡《みゃくらく》もなく頭に浮かぶ。
渡し忘れた土産品を、帰りしなにあの門衛に託したが、気に入ってもらえるかどう
か。兄は何か曰《いわ》く言い難い事情があって、国を出たのではないか……。
こんなふうなことだろうと、漠然と予想していた通りだった。
あのドクターの言い分では、四年先には帰って来られるというのだが、果たしてそ
れさえ信じていいのかどうか。
この先どうやって、その四年を生きたらいいだろうか。
気落ちしていた綾は、しつこく追及しない周囲の思いやりをひしひし感じながら、
近づきつつある正月の準備に打ち込んだ。
しかし今年もあと数日に迫った日、思いがけない手紙が綾の元に舞い込んだ。
その差出人の名前ウイリアム・ウイリスは英語だったが、宛先も中の文章もすべて、
やや古風な日本文で書かれていた。
それはこんな断り書きから始まっていた。

大石綾様

西洋の多くの国では、十二月二十四、二十五日を、キリスト降誕祭《クリスマス》として祝います。その日には親しい人にカードを送って、来たる年の幸運を祈ります。この手紙も、たぶん二十四日に届くはずですが、貴下に幸運をもたらすかどうかは、思案の外《ほか》ですが。小生としては、先日言い残したことを新年に持ち越すのは腹脹《はらふく》るる思いにて、ここに記すことを決断しました。

因《ちな》みにこの和文は、私が書いた英文を、親友アーネスト・サトウが翻訳してくれたもので、他には秘すべきものとお断りしておきます。

オオイシが突然、私の居宅に飛び込んできたのは、今年六月のある雨の夜ふけでした。合羽を着たまま玄関に立ち、

「すぐ赤倉《あかくら》病院へお越しください。瀕死《ひんし》の怪我人が二人、運ばれています」

と真っ青な面持ちで訴えるのです。赤倉病院とは、鹿児島医学校のこと。

「時間がないので仔細は省きますが、つい先ほど自分が斬りました。仕事はもう続けられないので、今日限りで辞めさせてください」

あまりに突然で脈絡も分からず、私は声を荒らげた。

「おいおい、人を斬って〝仔細は省く〟はないだろう。理由を言ってもらいたいが？」

今までこの医師に、こんな険悪な気分を抱いたことは一度もない。毎日多忙な仕事の中で、争い事など起こしたこともなかったのです。

「相手は誰です？」

慌ただしく病院に行く支度をしながら、さらに問うた。

「相手は……軍司策太郎《ぐんじさくたろう》とその奥方です」

軍司？　それを聞いて私は愕然《がくぜん》とした。

軍司家は藩の家老を輩出した家柄で、父親は県の上級官吏、次男策太郎は蘭方医で、今は県の官医を務めている。オオイシとは、京の薩摩野戦病院で出会って以来の親友だったはず。

それ以上訊く余裕もなく、オオイシが乗って来た迎えの馬車に飛び乗った。降りしきる雨に包まれ、オオイシの話を聞きながら、この地に来てからの日々が、まさに幻《げん》燈《とう》を見るが如く頭を巡ったのでした。

東京での夢破れ、この鹿児島に都落ちして三年――。

医学校では文字通り、悪戦苦闘の日々でした。西郷や大久保の英傑《えいけつ》を輩出したこの地が、まさかこれほど因習が強く、旧弊の階級差を墨守《ぼくしゅ》する地方都市であるとは！　思いもよらなかったことでした。

当地にはイギリス人は一人もおらず、多くの民が、外国人は抹殺すべきものと心得ているお国柄です。

また我が校では初め西洋医学と漢方医学を教えていたが、開校後二か月足らずで、漢方は廃止になった。すると鶴丸城《つるまるじょう》では、藩主の侍医《じい》らによって復活され、漢方一色となったのです。

もちろん情に厚く、勇猛《ゆうもう》で、大らかという美質は認めつつも、私には耐え難いことが三つあった。湿潤《しつじゅん》な夏の暑さと、大酒呑みの酒乱が多いこと。そして三つめが、好戦的な薩摩気質です。

当地の医師らは外国人たる私に公然と反抗し、陰湿ないじめや嫌がらせを繰り返す。一度など、このオオイシが道で数人の漢方医とすれ違った時、挨拶がないと難癖をつけられ、危うく抜刀寸前で振り切って来たことがあったと……。ですが、私は契約で来たお雇い医師。連中と激しく論争し、間違いや不衛生を糺《ただ》し続けることしかない。そんなオオイシはそんな孤立無援の私を助け、共に戦ってきたいわば戦友でした。そんな頑張りの行き着いた先が、この刃傷沙汰なのか？
そう思うと、全身から力が抜けていくようでした。

オオイシはその夜、軍司宅恒例の忘年会に招かれ、そこに集まった顔見知りの数人と膳を囲んでいたという。宴たけなわになり、誰かが奥方を呼べと言い出した。奥方は元薩摩藩士の娘で志津《しづ》といい、一歳にもならぬ男児を育てる美しい控えめな女性だった。

策太郎には自慢の女房で、すぐに女中を呼びに行かせたが、なかなか出てこない。途中で何を思ったか、つと立ち上がり、〝化粧に手間取ってるか……〟と忌々《いまいま》しげに呟くのを、オオイシは耳にした。

策太郎が出て行って少し後に、奥で女の悲鳴が立て続けに聞こえた。

嫌な予感がしてすぐ飛び出したオオイシは、奥座敷の血の海の中に立ち、踊りでも踊るように揉み合う夫妻を見た。

志津は髪を引きずられて髷を振り乱し、策太郎はすでに何度か斬りつけた返り血で、顔が血みどろだった。オオイシはその二人の間に割り込んだ。だが志津が手にした懐刀を奪った時、策太郎が飛びかかって来たため、そのまま胸の下を突き刺してしまったという……。

オオイシは夫妻に応急の止血を施して、馬車で赤倉病院に送らせ、自身は別の馬車で私を迎えに来て、病院に運んだのです。

私が飛び込んだ時、夫の方はすでに虫の息……。ただ奥方は、肩に振り下ろされた一太刀が浅かったため意識があって、しきりに夫を案じていました。

ただ意外だったのは、策太郎を襲ったこの突然の不幸に、世間の同情はあまり寄せられなかったこと。酒さえ入らなければ、これほど愉快で篤実《とくじつ》な〝薩摩隼人《はやと》〟はいない。だが一滴でも入れば、脳内の何かが刺激され、妄想が妄想を肥大させ、あんな修羅を招いてしまうのだとか。

また斬りつけられて奉公を辞めざるを得なかった女中や若い衆は何人かいるが、美しい奥方に対する暴力が最も多いとか。離縁話が昨年から持ち上がっていたが、策太郎が認めず、今年初めに赤子が生まれたため、立ち消えになったと聞きます。

ところで、自分が刺した傷が致命傷だったと主張するオオイシの説明を、いかに考えるか。

実地検証によると、かれが立っていた角度からは、短刀をあのように深く、真っ直ぐ刺すのは難しいのでした。私見ですが、正面から相対していた志津どのの、思いを込《こ》めた刃からこそ生まれた、運命の一撃ではありますまいか。

奥方とオオイシがいかなる関係にあったかは、存じません。

ただ策太郎から自邸によく招かれていて、奥方の得意の手料理で呑む時はたいそう愉しげだったと、同席した医師らから聞いています。

人柄のいい策太郎は、素面《しらふ》でいる時は親友と妻の仲など疑うべくもないが、酒が入ると、些細なことで疑念が膨れ上がり、阿修羅《あしゅら》のごとく荒れたようです。

あの夜、なかなか宴席に現れない妻女を迎えに行き、ぼんやり鏡を覗いている姿を見て、「誰に見せる気か！」と逆上し、刀を振り上げたといいます。妻女は、産後の窶《やつ》れ顔を客人に見せるのが恥ずかしく、化粧直しをしていたのを罵られ、ある覚悟を抱いたと思われる。

「斬りつけられて動転し、とっさに懐中に忍ばせていた短刀を抜きましたが、それからは無我夢中で、よく覚えておりません」

と供述しましたが、その刃先は夫の腹中に深く入っていたのです。

結局、奥方は正当防衛として罪を問われず。オオイシも、彼女から奪った短刀で策太郎の乱刀を防いだのだとし、無罪となりました。

だがかれが、志津どのに秘かな想いを寄せていたのはほぼ間違いなく、その横恋慕《よこれんぼ》が引金となってこんな事件に発展したと、自責の念に駆られたに違いない。せめて志津どのを守るため、自分を犠牲にしようとしたのではありますまいか。

オオイシはその後、このままここで医療の仕事を続けるわけにはいかぬ、と帰京を申し出て譲りません――。

十

私が辞めさせたくなく思い、頭を悩ませていたさなか、そう、今年の六月半ばのこと、明治天皇の鹿児島行幸《ぎょうこう》がありました。

折から岩倉具視《いわくらともみ》一行が海外視察中で、陸軍元帥《げんすい》であった西郷閣下は、この行幸に随行して帰郷され、十日ほど鹿児島に滞在されたのです。

その時は、不肖《ふしょう》この私にも、天皇に拝謁する栄誉が与えられましたが、そのことはまた別の機会に譲りましょう。

私は久しぶりに、西郷閣下とまみえる事が出来たのです。

閣下は少し体調を崩され、旧藩主の父上（島津久光《ひさみつ》）と不仲だったこともあって、宮中ではゆっくりせず、私は翌日改めて宿舎を訪ねました。

簡単な問診もし、私なりに意見も申し上げました。緊張した気分もほぐれて、閣下は親しくこう仰せになった。

「どげんですか、仕事ん具合は？　元気にやっちょっと？」

私は差し障りないことを口にしかけて、ふと気が付いて申しあげた。英国医学を志す前途有望な医師が、当地を出て行こうとしています、何か止める手立てはないものかと。

すると窓からしばし外を見ておられた閣下が、こう仰せられたのです。

「留学などはいかがじゃしか。本人の勉強にもなるし、箔《はく》もつこうごたる。世間が忘るる時間稼ぎにもなろう」

「え、留学？　それは……」

さすが偉くなるお方、大胆なことを仰ると驚きましたよ。しかしそれには条件がある……と言おうとすると、先を越されました。

「異論があると？　しかし貴公のなすべきは、指導者の育成やなかとですか？　あとは私に任しぇんしゃい」

そんな西郷閣下の一言で、兄幸太郎の英国留学が決まったというのだ。

幸太郎は驚きつつも有り難くそれを受け入れ、東京に戻って、十月にイギリス艦船に便乗し、横濱港から旅立ったというのである。

手紙はそこで終わったが、最後に追伸として、綾手作りのこぎん刺しを褒める言葉があった。

〝……まるで時間を縫い込んだような優しさを感じます。オオイシが優しすぎる男であったことを思うと、綾さんがその妹であると信じられる気がしました〟

綾は読み終えた手紙を懐に捻じ込んで、黙って外に出た。

身が引き締まる寒さの中でも、対岸の柳橋花街の明かりが、暖かく冬の闇を照らしている。風に乗って今日も三味線の爪弾きが聞こえ、遠くから、客を引く女の甲高い声が闇を引っ掻くように響いた。

こんなに押し迫った夜でも、芸者の三味線で一曲唸る遊客もいれば、客を争って叫ぶ遊び女《め》もいるのである。

空を仰ぐと、宵の口の深い藍色の空に、三日月が掛かっていた。

綾は船着場に繋がれて揺れる、小型の屋根船にそっと身を隠した。

闇の中で膝を抱いて座ると、堪《こら》えていた涙がどっと溢れ出た。ここしばらく泣いたことがなかったせいか、どこか体の奥の涙の袋に、一杯に溜まっていたのだろう。涙は後から後から溢れ出た。

何が優しいものか、と思った。

(兄さんは横濱から出帆《しゅっぱん》しながら、こんな近くにいる妹を探しもせず、一つの伝言も残さず行ってしまった人ですよ)

恨めしくて、泣いても泣いても泣き足りなかった。

四年なんかすぐだわ、と思う反面、もう兄さんなんかに会えなくたって、きっと一人で生きていける、とも思う。

自分がこの船宿に来たのは六年前。顧《かえり》みれば一跨《ひとまた》ぎの歳月だった。

その間に船宿の人たちと親しみ、さらに普通では会えない天璋院様とまで出会い、ずいぶんと面白かった。これからの四年だって、きっと楽しいはずだもの。

だが兄が町医者で、自分はそばで、看護士として働く未来がふと目に浮かび、また涙が溢れ出る綾だった。

——参考文献

本書は左記の作品を参考にさせていただきました。

『史実と芝居と』三田村鳶魚（青蛙房）
『ある英人医師の幕末維新』ヒュー・コータッツィ（中央公論社）
『新島八重の維新』安藤優一郎（青春出版社）
『明治の兄妹』早乙女貢（新人物往来社）

時代小説

二見時代小説文庫

幻燈《げんとう》おんな草紙《ぞうし》 柳橋《やなぎばし》ものがたり10

二〇二三年 九 月二十五日 初版発行

著者 森《もり》 真沙子《まさこ》

発行所 株式会社 二見書房
〒一〇一-八四〇五
東京都千代田区神田三崎町二-一八-一一
電話 〇三-三五一五-二三一一［営業］
〇三-三五一五-二三一三［編集］
振替 〇〇一七〇-四-二六三九

印刷 株式会社 堀内印刷所
製本 株式会社 村上製本所

落丁・乱丁本はお取り替えいたします。定価は、カバーに表示してあります。

 ISBN978-4-576-23091-7
https://www.futami.co.jp/

牧 秀彦

北町の爺様 シリーズ

以下続刊

①北町の爺様1 隠密廻《おんみつまわり》同心
②北町の爺様2 老同心の熱血
③北町の爺様3 友情違《たが》えまじ

隠密廻同心は町奉行から直《じか》に指示を受ける将軍にとっての御庭番《おにわばん》のような御役目。隠密廻は廻方で定《じょう》廻と臨時《りんじ》廻を勤め上げ、年季が入った後に任される御役である。定廻は三十から四十、五十でようやく臨時廻、その上の隠密廻は六十を過ぎねば務まらない。北町奉行所の八森十蔵《やもりじゅうぞう》と和田壮平《わだそうへい》の二人は共に白髪頭の老練な腕っこき。早手錠《はやてじょう》と寸鉄《すんてつ》と七変化《しちへんげ》を武器に老練の二人が事件の謎を解く！「南町 番外同心」と同じ時代を舞台に、対を成す新シリーズ！